Anatol E. Baconsky · Die schwarze Kirche

Anatol E. Baconsky

Die schwarze Kirche

Roman

Ullstein

Rumänischer Originaltitel: »Biserica neagră«
Ins Deutsche übertragen von Max Demeter Peyfuss
Verlag Ullstein GmbH · Berlin · Frankfurt/M · Wien

Gesamtherstellung: May & Co Nachf., Darmstadt
Printed in Germany 1976

CIP-Kurztitelaufnahme der Deutschen Bibliothek

Baconsky, Anatol E.
Die schwarze Kirche: Roman. –
Berlin, Frankfurt/M., Wien: Ullstein, 1976.
Einheitssacht.: Biserica neagră ‹dt.›.
ISBN 3-550-16263-4

Aller Hände werden dahinsinken,
und aller Knie werden so ungewiß stehen wie Wasser;
und werden Säcke um sich gürten,
und mit Furcht überschüttet sein,
und aller Angesichter jämmerlich sehen,
und aller Häupter werden kahl sein.

Hesekiel, 7, 17–18

I

Umdüstert von angstvollen Vorahnungen, kehrte ich nach Hause zurück. Das Geräusch meiner Schritte auf dem Pflaster antwortete rhythmisch und lakonisch den tausenden von der Luft getragenen Stimmen der Glocken unserer unzähligen alten Kirchen, die aus Zeiten der Größe und Verschwendung noch erhalten sind. In der Dämmerung, wenn die Dunkelheit monoton die Stadt überflutete, begannen die Glocken immer ihren verwirrenden Gesang, der sich über Stunden erstreckte und sich erst spät beim Aufgang der Sterne verlor oder unmerklich mit dem Rauschen der Windstöße und dem Donnern der Brandung am steinernen Kai verschmolz, wenn im Herbst und im Winter der öde, tyrannische Wind von der Küste durch die Abende pfiff.

Gewöhnlich achtete niemand von uns mehr darauf. Wir hatten dies seit Generationen ererbt, wir waren mit diesem Geräusch in den Ohren auf die Welt gekommen, so wie das Meer sich in unseren Nasen festsetzte mit seinem Geruch nach lebenden und toten Algen, so wie auch das Leben selbst und seine elende Trägheit das Gewissen unseres Alltags geschwächt und uns zu Götzenpriestern seines unerbittlichen Rituals gemacht hatte. Aber an jenem Abend lauschten nicht so sehr meine Ohren den Glocken als vielmehr meine Seele, vielleicht weil die Vorahnungen, die mich beherrschten, sie aus ihrer gewohnten Betäubung gerissen hatte.

Die geraden, breiten Straßen erweckten den Eindruck leerer Lagerräume unter dem freien Himmel, über den quer ein zarter Halbmond aus vergilbtem Papier glitt. Der dreieckige Platz in der Nähe meines Hauses war voll von Krähen und Möwen. Die Passanten musterten mich mit eindringlichen Blicken, als sei ich ein unerwünschter Fremdling. Ich konnte sie nicht erkennen und beschleunigte meine Schritte, mit dem Gefühl, ein trügerisches Versteck aufzusuchen, das mir ständig auswich.

Mit verkrampfter Hand öffnete ich das Tor und trat wie ein Gespenst in den großen Raum neben dem Eingang; in einem Sessel saß meine Wirtin, blickte mich scheel an und erwiderte meinen gewohnten Gruß nur andeutungsweise. Verwirrt blieb ich einen Augenblick stehen, und es gelang mir nur mit Mühe, einige Worte hervorzubringen, um sie zu fragen, ob jemand nach mir gesucht hätte. Ich hatte eher zur Beschwichtigung meiner Unruhe und meiner unerklärlichen Befangenheit gefragt, die mich bei ihrem Anblick plötzlich überkamen, obwohl ich sie jeden Abend bei meiner Rückkehr in demselben Sessel vorfand, mit demselben unvermeidlichen Buch, das sie offenbar niemals mehr zu Ende lesen würde.

Sie heftete ihre Blicke auf mich und begann nach kurzem Schweigen in einem Ton mit mir zu sprechen, der nichts mehr von ihrer gewohnten beruflichen Höflichkeit an sich hatte.

Ja, es hat Sie jemand gesucht, der Sie besser niemals gesucht hätte. Ich glaube, daß das auch Ihnen lieber gewesen wäre. Als ich Ihnen ein Zimmer in meinem Haus vermietete, konnte ich mir nicht vorstellen, daß ich eines Tages so beschämende Dinge über einen Menschen zu hören bekäme, den zu schätzen ich allen Grund hatte. Ich brauche Ihnen keine Erklärungen zu geben. Auf dem Tisch werden Sie eine aufschlußreiche Nachricht finden. Man hat Ihnen eine Einladung hinterlassen. Ich habe sie nicht gelesen, obgleich der Umschlag offen ist. Es ekelte mich davor.

Versteinert hörte ich ihr zu, ohne zu begreifen, ohne in irgendeiner Weise reagieren zu können auf diese Ansprache, die um so ungewöhnlicher war, als die Atmosphäre im Laufe meines Zusammenlebens mit der ebenso wohlwollenden wie diskreten Wirtin stets angenehm gewesen war. Nur mühsam überwand ich meinen Schrecken und stieg die Treppe hinauf,

die zum ersten Stock führte, wo ich ein Zimmer gemietet hatte.
Ich öffnete die Tür und wandte mich zum Tisch, auf dem sich, unübersehbar an den Fuß der Lampe gelehnt, ein rosafarbener, vulgär parfümierter Umschlag befand. Ich öffnete ihn und nahm die mit goldenen Lettern gedruckte Einladung heraus, die vorne eine Art Wappen mit einer Ansammlung von Geigen, Schädeln, Büchern, Nachtvögeln rund um die gezeichnete Büste eines Alten mit riesigem Schnurrbart zeigte. Innen war der Text mit Tinte geschrieben, von einer linkischen Hand, und in einem Ton abgefaßt, der keineswegs dem einer Einladung entsprach: *Sie werden darauf aufmerksam gemacht, daß Sie morgen abend an unserem Sitz erwartet werden.* Weder die Adresse noch eine Uhrzeit noch ein Zweck war angegeben. Nur eine Unterschrift, die mich mit Bestürzung erfüllte: *Die Liga der Bettler.*
Ich drehte und wendete die Einladung nach allen Seiten, als suchte ich einen verborgenen Hinweis, ein Zeichen, das mir eine noch so vage Erklärung geben könnte, aber es gelang mir nicht, etwas zu entdecken, und mein Blick ruhte lange auf den linkischen Schriftzügen, schwarzen geringelten Würmern gleichend, die sich auf dem makellosen Weiß des Papiers in einer Folge von anstößigen Formen versammelten. Ich hatte in letzter Zeit von der steigenden Anzahl der Bettler in der Stadt reden hören, von ihrem Auftauchen an den ungewöhnlichsten Orten, von ihrer Zudringlichkeit und Unverschämtheit, deren Beweis ich nun in Händen hatte, und ich betrachtete die Einladung mit ohnmächtiger und tauber Entrüstung. Ich hatte den umlaufenden Gerüchten nicht allzuviel Gewicht beigemessen und die Sorge meiner Bekannten nicht geteilt, weil mir die Ereignisse bedeutungslos und ohne Sinn vorkamen – und nun zwang mich eine bittere Strafe in die Wirklichkeit. Alles kann dem Menschen gleichgültig sein, solange er vom Gefühl getröstet wird, daß er in die Dinge nicht verwickelt ist und nicht sein wird, daß sie ihn nicht berühren wie eine Seuche, vor der ihn eine selbstverständliche Immunität schützt. Vielleicht findet ihn deswegen der Tod immer wehrlos, weil der Tod immer der Tod des anderen ist.
Ich nahm die Einladung, hielt sie in die Flamme der Lampe,

und als sie brannte, warf ich sie in den erkalteten eisernen Ofen in der Ecke meines Zimmers. Ich hatte nicht bemerkt, daß viel Zeit verstrichen und Mitternacht nahe war. Mechanisch zog ich mich aus und legte mich nieder, aber erst sehr spät fand ich Schlaf, gequält von einem ermüdenden Licht, mit weit geöffneten Augen in einer Finsternis, die von gekreuzten Linien durchquert war, und mein Schlaf war elend, ein dichter und schwarzer Morast, durch den ich mich zu einem immer entfernteren Ufer kämpfen mußte.
Am Morgen weckten mich die Schritte der Wirtin, sie kam in mein Zimmer, und ich hörte wie im Traum, daß sie etwas auf den Tisch warf, sich dann plötzlich umdrehte und wie ein Geist verschwand. Meine Augen brannten, eine leichte Betäubung umfing mich, und die Müdigkeit ließ mich noch lange im Bett verharren, an der Schwelle von Schlaf und Erwachen. Dann erhob ich mich und ging schwankend zum Tisch. Ich erkannte von neuem den rosafarbenen Umschlag, in dem ich die gleiche Einladung fand. Aber diesmal verbrannte ich sie nicht, sondern faltete sie und steckte sie in die Tasche einer Jacke, die auf der Lehne des Stuhls hing, obwohl ich nicht im Traum daran dachte, ihr jemals Folge zu leisten. Alles schien mir so erniedrigend und dumm, daß mich sogar mein eigenes, großes, hohes, einfach, aber mit gutem Geschmack eingerichtetes Zimmer nun wie ein stikkiger Kerker bedrückte. Ich konnte es kaum erwarten, mich zum Gehen fertig zu machen; ich schlug die Türen zu und stürzte wie ein Gehetzter auf die Straße.

II

Die belebende Morgenluft weckte mich und vertrieb die Finsternis einer düsteren Nacht aus meinem Gehirn. Der Tag zeigte sich sonnenlos, leicht schraffiert vom Nebel des beginnenden Herbstes, mit gelben Blättern an den wenigen Bäumen der Stadt, während die Luft über den Konturen der schläfrigen Häuser zitterte, und eine perlmutterne Brise über die leeren, von bitterem Licht erfüllten Flächen strich. Ich machte mich auf den Weg zu dem verlassenen Atelier, wo ich meine Tage damit zu verbringen pflegte, aus Holz, aus Ton oder aus Stein Formen ans Licht zu bringen, aber meine

Schritte – oder waren es meine Gedanken, die sie lenkten – trugen mich ohne mein Zutun zum Meer.
Der Kai dröhnte unter dem Angriff der Wellen, das Meer war feierlich, fremdartig grün, die Möwen pfeilten fern über den Horizont, sie tauchten auf und verschwanden wieder im Wasser oder beschrieben vergängliche Bahnen auf dem Himmel, der ihren Flügeln gleich gefärbt war. Menschen lehnten verlorenen Blickes am Geländer, andere gingen mit hallenden Schritten über das zerfallene Mosaik, auf dem man noch die Formen von Vögeln, Tieren und Amphoren erkennen konnte, wie sie einst die großen Meister einer Kunst der Dämmerung geschaffen hatten. Auf der rechten Seite wiegten sich im blaß-violetten Nebel die Masten der Schiffe und man sah die Träger, keuchend unter ihren Lasten. Ich blieb neben den Ruinen einer Bastion stehen, ließ meine Blicke begierig über die ganze Weite der Wasser schweifen und sog die Meeresluft tief in mich ein – ein Atemholen, das immer wohltut nach durchwachten Nächten und trüben Gedanken.
Ein Stimmengewirr irgendwo am Kai weckte mich plötzlich aus meiner Betrachtung, und als ich mich umwandte, erblickte ich drei Bettler, die wütend jemand beschimpften; es war einer der Spaziergänger, die ich bei meiner Ankunft beobachtet hatte. Ich strengte mein Gehör an, aber nur vereinzelte Bruchstücke ihres Streits drangen zu mir herüber. Sie sprachen fortwährend von seinen Pflichten als Bürger und zeigten ihm eine kleine Büste aus Gips, ganz so wie jene, die auf meiner Einladung abgebildet war. Von allen Seiten umstellt, nahm der Arme schließlich die Büste in Empfang und verteilte aus seinem Beutel ein paar Münzen, um sich dann in Richtung der Ruinen aus dem Staube zu machen, während die Bettler, plötzlich beruhigt, sich, in gewohnter Mildtätigkeit heischender Haltung, in der anderen Richtung entfernten.
Als der Mann in meine Nähe kam, bat ich ihn, mir die Szene zu erklären, deren Zeuge ich gewesen war, und verhehlte meine Empörung über den unangenehmen Zwischenfall nicht. Er blieb kurz stehen und warf mir einen unsicheren Blick zu, um dann im Weitergehen ein paar Worte an mich zu richten: *Du bist ganz gewiß ein Fremdling, mein Freund, weil du, nach all dem, was sich in unserer Stadt zugetragen hat, noch solche Fragen zu stellen vermagst.*

Ich war ein Fremder und war es nicht. Ich war nur zur Hälfte in die Stadt meiner Eltern und Ahnen zurückgekehrt. Sie schliefen unter weißen und schwarzen Platten an dieser Küste, die dazu verdammt war, nur aus der Erinnerung zu leben ... Erinnerungen der Vergangenheit oder der Zukunft, Erinnerungen von gestern, von morgen, von nimmermehr. Ein jahrhundertealtes Vermächtnis – oder vielleicht ein Fluch – hatte mich nach wiederholten und geglückten Fluchtversuchen in weite Fernen wieder zwischen diese Mauern geholt, die aufeinander gefolgt waren und dabei mehr die Seele der Ziegelsteine als deren Materie bewahrt hatten; als Samenkorn, das immer auf Steine fällt, war ich vielleicht auch hier wie überall zur Hälfte fremd, und überall schmerzte mich die verbliebene Hälfte. Trotzdem, sagte ich mir, bin ich hier und nur hier daheim, trotzdem ist das Wissen um diese Zugehörigkeit meine einzige feste Überzeugung.

Ich entsann mich wieder der Einladung und dunkler Zorn erfüllte mich. Schamlose Provokation, widerrechtlicher Übergriff oder vielleicht Farce – was konnte diese sogenannte Einladung von der Hand eines frechen Analphabeten bedeuten? Und welche Bewandtnis hat es mit diesen aggressiven Bettlern, die die Menschen auf offener Straße überfallen, woher kommen sie, wer sind sie und welche Ziele verfolgen sie? Von solchen Fragen bedrängt und kochend vor Wut, kehrte ich nun nicht mehr ins Atelier, sondern gegen Mittag nach Hause zurück, mit dem Entschluß, mich ein wenig auszuruhen und einen meiner Nachbarn aufzusuchen, einen verehrungswürdigen Professor und Jugendfreund meines Vaters. Ich wollte ihn, dessen Weisheit und Erfahrung mir so oft über viele meiner Ärgernisse und Verwirrungen hinweggeholfen hatte, zu Rate ziehen.

Am Tor erwartete mich eine Gestalt, die säulengleich vor meinem Haus stand. Der Mann war anständig gekleidet, sogar eine gewisse Pedanterie zeigte sich in seiner etwas steifen Haltung, und er sah aus wie ein Beamter mittleren Alters. Als ich auf ihn zutrat, zog er seinen hohen Hut, um ihn mir entgegenzustrecken, beugte seinen Rücken und sagte mit provokantem Grinsen: *Durch Demut und Barmherzigkeit werden wir die Welt befreien.*

Ich war überrascht, einen Mann von so ansehnlichem Äußeren betteln zu sehen, und maß ihn vom Kopf bis zu den Füssen, bevor ich ihm den Rücken wandte, eintrat und mit energischer Geste das große eiserne Tor verschloß. Die Wirtin saß nicht mehr in ihrem Sessel. Ich stieg in mein Zimmer hinauf, zog den Vorhang leicht zur Seite und sah, daß der Kerl, der mich erwartet hatte, wie vom Erdboden verschluckt war.

III

Der Professor empfing mich mit gewohnter Herzlichkeit. Das schwarze Samtkäppchen, das er stets trug, bildete einen starken Kontrast zu seinen langen weißen Haaren; diese und die großen Brillen, der Gehrock, die überall umherliegenden dicken Bücher, die Retorten, die Gefäße mit verschiedenen bunten Flüssigkeiten und der Hund, der auf einem abgewetzten Kanapee lag – all das bildete seit jeher ein irreales Universum für mich, etwas, das irgendwo außerhalb der Welt seinen Platz hat, in einem geraubten Raum, wo Leben und Tod unter erstarrten und rätselhaften Sternzeichen ihre Ringe tauschen. Hier fühlte ich mich sicher und ruhig, bewahrt vor jedem feindlichen Hauch und vor allem vor meinen eigenen Gedanken, zwischen denen sich in letzter Zeit drohende Schatten eingenistet hatten.
Der Mann schien noch weniger als ich von dem zu wissen, was sich im Leben unserer Stadt zugetragen hatte. Er lauschte aufmerksam meinem Bericht und verharrte in Gedanken versunken, als wollte er den Sinn der angeführten Ereignisse erfassen oder versuchen, sich etwas fast Vergessenes ins Gedächtnis zu rufen. Er war sichtlich beeindruckt vom Gehörten, aber er bemühte sich, seine Erregung zu verbergen, vielleicht um, wie ich annahm, die Unruhe nicht noch zu vermehren, die sich meiner bemächtigt hatte, als ich die ungewöhnliche Einladung erhielt. Und ein solches Verhalten bei einem Menschen, der nie Zweifel noch Furcht gekannt hatte, konnte nichts Gutes bedeuten.
Nach einem Schlag an den alten silbernen Gong kam sein Diener und reichte uns zwei Gläser Absinth, ein außerordentlich seltener Vorgang im Leben des Professors, der an

klösterliche Schlichtheit gewohnt war. Er stürzte das Getränk auf einen Zug hinunter, und während er mit seiner Hand über die hohe und bleiche Stirn strich, begann er zu sprechen:

Die Ereignisse, von denen du mir erzählst, sind weniger neu und seltsam, als du vermutest. Ich habe, wie du wohl weißt, nie die Stadt verlassen, und wenn ich zwischen Ihren Mauern alt werde, so heißt das nicht, daß mir das Leben draußen unbekannt geblieben wäre. Es hat Kriege gegeben, die du nicht erlebt hast, es haben sich vor längerer Zeit Dinge ereignet, die dir ebenfalls unbekannt geblieben sind, obwohl du vielleicht – wenn du beharrlicher über den Tod deines Vaters nachgedacht hättest, und über die Tatsache, daß du mit deinen Brüdern von Kindheit an in ferne Länder geschickt wurdest und euch die Rückkehr in diese Stadt von eurem eigenen Vater, solange er lebte, nicht erlaubt war – mit deinem Geist tiefer in die Sphären dessen hättest eindringen können, was sich hier kürzlich zugetragen hat.

Ich werde dir keine Hinweise oder Auskünfte geben. Nach meiner Überzeugung können die Menschen bloß aus jenen Lehren Nutzen ziehen, die sie durch eigenes Erleben und eigene Erfahrung erworben haben; alles übrige ist nur ein abstrakter und dekorativer Ballast. Und diese fragwürdigen Reichtümer werfen dich in Abenteuer, aus denen du immer als Besiegter hervorgehen wirst. Suche weiter, forsche nach – und meditiere vor allem über all das, was das Gedächtnis stets in seine dunkelsten Winkel zurückzudrängen pflegt.

Je länger er sprach, um so stärker wurde mein Eindruck, daß es vor mir immer finsterer werde, daß ein kalter und unfreundlicher Nebel mich einhülle, undurchdringlich und voll von drohender Stimmen, von prüfenden Augen, die mich unsichtbar aus den Schwaden verfolgten. Seine Worte waren weit davon entfernt, mich wie früher in das Innere meiner verlorenen Ruhe zurückzugeleiten, sie projizierten mich vielmehr auf unbekannte Horizonte, zwischen die im Dunkel zerfließenden Konturen unerwarteter Gefahren und zwischen künftige Heimsuchungen, die kein Schicksal mehr abzuwenden vermag. In Gedanken versunken, war ich seiner Rede nicht mehr gefolgt, und ich faßte mich erst wieder, als der Professor nach einem seiner Lieblingsbücher griff und mir einige Abschnitte vorlas. Der letzte prägte sich mir für immer ins Gedächtnis, weil er wie ein düsteres Epitaph anmutete: *Dann bricht die Stunde an, da die Hüter im Hause zittern, und sich krümmen die Starken, und müßig sind die Müller, weil ihrer so wenige wurden, und im Dunklen stehen sie, die durchs Fenster schauen.*

Ich erhob mich aus dem großen hölzernen Lehnstuhl, in dem ich gleichsam verloren erstarrt war, und tat einige Schritte durchs Zimmer. Ich war nicht mehr fähig, ein Wort hervorzubringen. Der Professor näherte sich mir, nahm mich am Arm und sagte, als ich zur Tür schritt: *Ich glaube, noch bevor sich die Stürme des Äquinoktiums erheben, könntest du ein Schiff finden, das dich fort von hier bringt, in jene Gegend, wo du deine Kindheit und Jugend verbracht hast. Dies wäre die letzte Gelegenheit, wenn es nicht ohnehin schon zu spät ist. Wenn du es vermagst, so reise ab. Es ist besser. Aber vergiß nicht, daß hier deine Heimat ist und daß du, einmal fort, nicht mehr wirst zurückkommen können und die Grenzen der Dunkelheit überschreiten, die sich jetzt über dieses Land herabsenkt. Und vielleicht ist mehr an deiner Dunkelheit als an dem fremden Licht. Überlege gut und wähle. Aber eile, denn viel Zeit hast du nicht mehr.*

IV

Unbewußt lenkte ich meine Schritte zum Kai. Die Herbstsonne war versunken, nur der Himmel bewahrte ihr zwischen bleichen Wolken und parallelen Schatten eine blutige Erinnerung. Die Straße, auf der ich ging, war so breit und gerade, daß sie mich aufzusaugen schien wie das Förderband zu einer schicksalhaften Guillotine – hinab oder hinan, das wußte ich selbst nicht mehr. Meine Seele war mit glühendem Eisen gebrannt. Meine Gedanken blutunterlaufen. Soll diese heruntergekommene und bresthafte Stadt doch zum Teufel gehen, da sie tot ist, bevor sie noch gelebt hat, oder in Agonie liegt seit ihrer Geburt, dazu verdammt, den Tod nicht zu kennen . . . diese Stadt, die alles erstickt, was ihr lieb ist, die Gold und Edelsteine auf den Weg der Kadaver spuckt – ein Grab für die hohen und kühnen Gedanken, ein

Lächeln, ein Opfer, eine kretinhafte Unschuld! ... Nein! Nein! Nein! Für immer Nein dieser Gegend, die nach Ketten sucht, die von Ketten träumt, die in Ketten lebt, schläft, atmet, hört und denkt!
Kein Ort auf dem Erdenrund schien mir weit genug entfernt von dieser Stadt, um nicht mehr ihr Weinen zu hören, diesen tückischen Ruf, gerichtet an alle Söhne, die vor dem Rost und der Schande geflohen sind, denn Rost und Schande legen ihnen hier Ketten an und verschlingen sie.
Ich zitterte vor Ungeduld, zum Hafen zu kommen, und erhoffte mir das Glück, ein Schiff zu finden, das zum Auslaufen bereit stünde, eines jener Handelsschiffe aus wer weiß welchem Land. Die Kaufleute hatten gelernt, zu einem lächerlichen Preis Wolle, Honig und Bienenwachs dieses enterbten Landes zu kaufen. *Solange es nicht zu spät ist* ... die Worte des alten Professors klangen mir noch in den Ohren wie ein Memento des Zweifels. Es war um die Mitte des ersten Herbstmonats, und die Stürme lauerten am Horizont, heute oder morgen schon würden sie losbrechen ... und danach wieder die Stille und der Frost des Winters, der Schnee, der Sturm, der Wahnsinn ... Nein! Ich durfte die letzte Chance nicht versäumen, ich mußte um jeden Preis ein Schiff finden, um unerkannt in seinen Bauch zu klettern, zwischen die Säcke und hölzernen Fässer, um für immer zu verschwinden.
Und es war mir gegeben, ein Schiff zu finden.
Ich gelangte zum Hafen, als es dunkelte. Am Kai wurden die Lampen angezündet, das geschäftige Treiben der Träger hatte nachgelassen, drei Schiffe sah man eben auslaufen, zwei weitere lagen bereit für die nächtliche Fahrt. Ich mischte mich unter die wenigen Träger, die die letzten Waren an Bord brachten, und ohne daß mich jemand im Halbdunkel des Kais beobachtet hätte, lud ich eine der wenigen Kisten, die noch zu verladen waren, auf meine Schultern und eilte aufs Schiff.
Dort flackerten schwach ein paar bleiche Lichter, und so fiel es mir nicht schwer, in den Laderaum zu dringen, wo ich mich auf einen Haufen Säcke legte. Als ich nun da lag, die Hände unterm Kopf, erinnerte ich mich, daß die Stunde angebrochen war, da mich die Bettler bei ihrer verdammten *Liga* erwarteten – und ich knirschte in der Finsternis mit

den Zähnen. Sie werden lange warten müssen. Morgen wird es für mich auf offenem Meer Tag werden, und diese Küste wird längst hinterm Horizont verschwunden sein.
Ich war unter dem Schutz dieses schwimmenden Bruchstücks eines fremden Landes, und bis ins Mark drang mir Gleichgültigkeit für die Stadt, die ihrem dunklen Schicksal zwischen Unsicherheit und Auszehrung anheimgefallen war. Und trotzdem – als das Schiff Fahrt aufnahm, und ich die Rufe der Seeleute an Deck hörte, als ich sie lachen hörte und sagen, man wisse gar nicht, ob es denn in Zukunft überhaupt noch etwas zu laden gäbe in dieser elenden Stadt, über die sie sich in derben Worten lustig machten – da entstand in mir eine Leere; meine Gedanken erstarrten wie gelähmt, und ich war nicht mehr fähig, den Dialog mit mir selbst weiterzuführen.
Es war spät. Die Vorbereitungen für das Auslaufen hatten länger gedauert, als ich angenommen hatte, und obgleich nun der voll Ingrimm ersehnte Augenblick kam, lag ich träge und bedrückt von Gefühlen, die mir bis heute unerklärlich bleiben. Es war mir, als litte ich an Typhus oder am bösen Blick, wie es mir vor langer Zeit in den frühen Jahren meiner Kindheit widerfahren war, als die alten Dienerinnen vor der Abreise aus meiner Heimatstadt Wolfshaare verbrannten und alte heidnische Beschwörungsformeln flüsterten. Es war weder Entsetzen – dieses Gefühl kannte ich nicht – noch Trauer noch Verzweiflung. Es war ein lebendiger Tod, der mich umfing, ein absurder und vorweggenommener Sehnsuchtsschmerz, eine acherontische Leere.
Das kleine Schiff bewegte sich langsam, konnte sich kaum vorwärtsschleppen und schlingerte leicht in den schwarzen Wellen. Ich erhob mich und näherte mich einem der kleinen, runden Fenster, stieg auf die Fässer und Kisten und blickte hinaus. Die Küste des Golfs, der den Hafen beherbergte, endete in einem felsigen Vorgebirge, das sich weithin erstreckte und an der Spitze den alten baufälligen Leuchtturm trug. Im Sommer ging ich gern und oft dorthin, ließ meine Kleider an seinem Fuß und wagte mich aufs offene Meer hinaus, in dem ich stundenlang schwamm.
Als wir am Leuchtturm vorbeikamen, durchbohrte mich sein Blick wie der eines geprügelten Hundes. In diesem Augen-

blick wäre ich imstande gewesen, alles zu zerstören, ans Schiff, das mich trug, Feuer zu legen, und ebenso an die Stadt, die in der Dunkelheit verschwand . . . ich konnte mich nicht mehr beherrschen, ich war nicht mehr fähig, meine Gedanken zu kontrollieren, auch nicht meine Gesten und sonderbaren Triebe. Heute weiß ich nicht mehr, ob es mir zum Glück oder zum Unglück gereichte. Diese Begriffe haben keine Bedeutung mehr für mich.

In dieser Unruhe völlig von meinem Unterbewußtsein getrieben, suchte ich die Treppe, die an Deck führte. Durch die Dunkelheit tastend entdeckte ich sie, stemmte mich gegen die Falltür und trat oben ins schwache Licht der Lampen, in die erfrischende Brise der Nacht, deren erste Hälfte beinahe um war. Die Seeleute schliefen in ihren Kojen. Nur einige hatten sich zum Würfelspiel versammelt. Während ich mich unbeobachtet näherte, sah ich, wie sie angespannt goldene Münzen zum Einsatz legten und schweigsam die Launen der kleinen Würfel verfolgten, deren Augen Zahlen von gutem oder bösem Omen bildeten. Während ich sie betrachtete, hatte ich plötzlich das Gefühl, daß das Geld aus meinem Vermögen gestohlen war, aus der Stadt, die noch am Horizont flimmerte, aus meinem Leben, das mit diesen Würfeln verspielt werden sollte, von ihren Händen, die wie monströse Spinnen waren. Die Menschen verarmter und elender Länder haben immer das Gefühl, von den Fremden ausgebeutet zu werden, und ihre wenigen Reichtümer halten sie für so märchenhaft, daß alle anderen danach gieren könnten.

Ich begann sie anzuschreien, sie Verbrecher und Gauner zu nennen, sie zu ertränken in einer Sturzflut von schrecklichen Beschimpfungen. Überrascht lösten sie sich aus der Spannung des Spiels, wandten sich um und betrachteten mich einen Augenblick lang voll Bestürzung, wie ein Gespenst, das sich aus einem längst vergessenen Grab erhoben hat. Der erste, der sich faßte, sprang auf seine Füße und näherte sich mir mit drohender Geste. Es war ein ekelerregender, betrunkener Hüne, mit wirrem und schmutzigem Bart. Ich wartete nicht auf seinen Angriff. Ich stürzte mich auf seine Beine und warf ihn seiner ganzen Länge nach hin. Aber trotz meiner Wut konnte ich mich nicht zur Wehr setzen gegen zwei andere, die sich inzwischen erhoben hatten. Ich

fühlte nur noch, daß ihre Fäuste wie Hagel auf mich niederprasselten und fiel dann bewußtlos ins Leere; ich kam erst zu mir, als mein Körper hart auf die kalten Wellen des Meeres schlug.
Der Instinkt brachte mich an die Oberfläche, und als ich mich über einen Wellenkamm warf, sah ich das rote Auge des Leuchtturms, dieses Auge eines Hundes, der vor Einsamkeit heult, an der äußersten Spitze dieses verkommenen Landes, das zu verlassen mir nicht gegeben war. Ich löste mein Schuhwerk im Wasser, streifte die engen Kleider vom Leib, und begann, mit verhaltenen Stößen zum Leuchtturm zu schwimmen, von dem mich ein schönes Stück Wegs trennte.
Weit, weit, weit war mein Weg. Ich hatte den Eindruck, in die verkehrte Richtung zu schwimmen. Und vielleicht schwamm ich wirklich zurück – ich versagte auf diesen kalten Wassern, besiegt von jemandem, der die täuschende Maske des Zufalls trug. Bis heute habe ich noch nicht begriffen, wer mich besiegt hat und welch widersinniges Zusammentreffen der Sterne die Konstellation meines Schiffbruchs zusammenfügte.
Erschöpft erreichte ich das Ufer und hatte gerade noch die Kraft, die in Stein gehauenen Stufen hinaufzusteigen und Unterschlupf zu suchen in dem verlassenen Zimmer zwischen den Grundmauern des Leuchtturms, wo sich in letzter Zeit einige Bettler eingenistet hatten. Aber als ich die Tür öffnete, waren sie nicht mehr da. Das Zimmer schien groß, viel größer, als ich es in Erinnerung hatte, und ich fand es beleuchtet zu dieser Stunde, die sich schon gegen Morgen neigte. Drinnen ein langer Tisch, an dem etwa zehn schwarzgekleidete, barfüssige Buchhalter in riesigen Registern voller Ziffern geschäftig ihre Eintragungen machten. Fast alle waren mittleren Alters, trugen Brillen, die mit Draht hinter den Ohren festgebunden waren, und würdigten mich keines Blickes, obwohl ich fast nackt war; ohne den Blick von ihren Aufzeichnungen zu heben, deuteten sie mir mit der Hand, zu dem Bett im Hintergrund des Zimmers zu gehen, auf dem ich mich entkräftet niederließ, um sogleich in einen todesähnlichen Schlaf zu versinken.

V

Die Folge war eine lange Krankheit. Ein Zustand von Schwäche und Ermattung mit vielen Augenblicken, die ich wie ein Fegefeuer erlebte. Ich schleppte mich durch Spitäler, die von Mal zu Mal schmutziger waren, voll von Menschen, die um mich herum bei lebendigem Leib verfaulten, zwischen bedauernswerten Geschöpfen, ohne Sprache, ohne Gedächtnis, ohne Identität; ich war von Grauen gepackt in den Stunden der Wachheit, beim Gedanken, daß ich mit der Zeit in ihre Reihen niedersteigen werde, daß ein widerwärtiges Plasma jede einzelne meiner Zellen erobern und mich von innen her zersetzen würde, um gleichzeitig meinen Körper und meinen Geist zu beherrschen.

Es war ein Wunder, daß ich meinen Geist nicht aufgab.

Als die Krankheit nachzulassen schien, und meine unendlich lange Rekonvaleszenz begann, begegnete ich eines Morgens jemandem, der mich an die Umstände vor meiner Erkrankung erinnerte. Ich befand mich in einem Saal, der vor allem durch seine ungewöhnliche Länge riesenhaft wirkte, und lag auf dem Boden, wie alle Pfleglinge dieses Spitals, wo die Betten allein den Toten vorbehalten waren, die der Bestattungszeremonie harrten. Sobald sie in Agonie lagen, brachte man sie in Säle mit Betten oder vielmehr hohen und eindrucksvollen Baldachinen, wo sie sich mit der Atmosphäre ihrer Gruft vertraut machen konnten, bevor sie die Augen für immer schlossen.

Mein Platz war an der dem Eingang gegenüberliegenden Wand, so daß ich den alten General sogleich bei seinem Eintritt erblickte, aber ich hatte nicht erwartet, daß gerade er mich besuchen würde. Während er vorsichtig über die am Boden liegenden Kranken stieg, machte er mir beim Näherkommen schon von weitem freundliche Zeichen, obwohl ich bei näherer Betrachtung zur Überzeugung gelangte, ihn nie zuvor gesehen zu haben. Als er dann bis zu mir vorgedrungen war, setzte er sich neben mich und begann, mir allerlei vorzutragen, dessen Sinn ich nicht erfassen konnte.

Ich betrachtete seine abgetragene, zerrissene und schmutzige Kleidung, sein ergrautes und vergilbtes Haar, seine farblosen Epauletten und empfand Widerwillen, was mich daran hinderte, seiner Rede zu folgen. Er sprach davon, daß man mich

ins Auge gefaßt, daß die oberste Führung Interesse an meinem Schicksal habe, daß in letzter Zeit große Fortschritte erzielt worden seien ... von Enthusiasmus, Feinden, Erziehung ... von verdächtigen Elementen, Disziplin, Lehre ... Nach einiger Zeit ließen mich gewisse Wörter aufhorchen, die in seinem bruchstückhaften und weitschweifigem Gerede immer wieder auftauchten: *Barmherzigkeit, Demut, Bescheidenheit.* Und plötzlich konnte ich mich wieder der Ereignisse entsinnen, die mich hierher gebracht hatten. So fügte sich nur noch fester die Wirklichkeit zusammen, der zu entfliehen ich versucht hatte und die nun ihre Rechte über mich geltend machte.
Bei seinem Aufbruch sagte mir der alte General, daß ich – seinen Informationen aus dem Büro des Spitals zufolge – nicht mehr länger im Inneren dieses Gebäudes zu verweilen hätte als zwei, drei Tage, nach deren Ablauf man mich entlassen werde. Und während er dem mitgebrachten Paket einen Staatsmantel entnahm, der irgendwann einmal weiß gewesen, jetzt aber beinahe aschgrau und von Flecken übersät war, um ihn sich um die Schultern zu legen, blickte er mich mit seinen roten Augen an und sagte, daß die Erinnerung an meinen Vater ihnen allen sehr lieb sei. Und etwas von dieser Liebe ergieße sich auch auf mich. Nachdem er die rauchgeschwärzte Tür des Saales geschlossen hatte, fand ich an der Stelle, an der er neben mir gestanden hatte, einen rosafarbenen Briefumschlag, der mir wegen seines bekannten vulgären Parfüms aufgefallen war. Ich öffnete ihn nicht. Ich wußte, was er enthielt.
Ich begann, den Tag meiner Entlassung aus dem Spital herbeizusehnen, obgleich ich nichts anderes im Kopf hatte als mich einerseits in meinem Atelier einzuschließen, wo nun die Spinnen und der Staub des Zerfalls die Formen trösten werden, die einst meine Hand zum Leben erweckt hatte, und andererseits zugleich die Luft, die Bilder, die Vögel und die Musik des Meeres zu atmen, von denen mich meine endlose Krankheit allzulange ferngehalten hatte. Aber meine Gedanken an die Zukunft waren vergittert vom Schatten der unbekannten Ereignisse, die meine Teilnahme an ihrer Entfaltung ertrotzen wollten. Am Vortage meiner Entlassung faßte ich den Entschluß, allem direkt die Stirn zu bieten –

allen Gefahren, die über mir zu schweben schienen, um schließlich doch jene *Liga der Bettler* aufzusuchen und dort all das aufzuklären, was vorläufig nur ein Netz von Vorahnungen und Vermutungen zu sein schien.

VI

Das Leben der Stadt hatte unterdessen zahllose Änderungen erfahren.
Sogar auf den Straßen war ein Hauch von Erniedrigung und Verirrung des Geistes spürbar und Fußgänger waren am Tage, ja selbst zur Mittagszeit, als ich nach Hause ging, so selten, als hätte eine erbarmungslose Seuche sie hinweggerafft. Ich war von der Ahnung viel tieferer Veränderungen überwältigt, von denen am ersten Tag nur der äußere Schein sichtbar war. Überraschungen schienen mir allenthalben zu lauern – und die erste von ihnen harrte meiner zu Hause.
Als ich läutete, denn den einzigen Schlüssel hatte ich zusammen mit meinen Kleidern in der Nacht meines Abenteuers verloren –, erschien meine Wirtin mit gleichgültigem Lächeln, das nichts mehr von der früheren Verstörtheit aufwies. Sie öffnete nicht das Tor, sondern das kleine Fensterchen über dem Eingang, blickte hindurch und sagte mir, ihre Befriedigung kaum verbergend, in ostentativ liebenswürdigem Ton: *Ihre Wohnung befindet sich nicht mehr hier. Es tut mir außerordentlich leid. Im Zuge der jüngsten Maßnahmen wurde Ihnen ein Zimmer im Haus des Küsters der Schwarzen Kirche zugeteilt. Ihre Sachen hat man vor einigen Wochen dorthin gebracht. Hier haben Sie nichts mehr.* Und mit einer leichten Neigung des Kopfes, die ein diskreter Gruß sein sollte, ließ sie mich vor dem Tor stehen und zog sich zurück, ohne auch nur das kleine gläserne Auge zu schließen. Ich warf ihr einen Blick nach und erkannte, daß sie beinahe unbekleidet zur Tür gekommen war. Als sie den großen Raum beim Eingang durchquerte, sah man durch das durchsichtige Hemd ihre vollen Hinterbacken. Sie schien auf einmal viel jünger und dicker zu sein. Am Ende der Treppe, die zu meinem ehemaligen Zimmer führte, erwarteten sie – soweit ich erkennen konnte, weil der Raum ohne Fenster und nur schwach beleuchtet war – zwei Männer, die sie zwischen

sich nahmen, indem sie ihre Taille mit den Armen umfaßten, um dann die Treppe hinabzusteigen. Ihre Gesichtszüge blieben undeutlich, aber einer von ihnen schien mir der alte Professor zu sein, der frühere Jugendfreund meines Vaters.

Ich blieb auf der Straße und betrachtete das Haus, in dem ich einige Jahre gelebt hatte, wo ich die Erinnerungen, Gedanken und Gefühle, die mir der Reihe nach ihre Form geliehen hatten, nun eingekerkert zurücklassen mußte, und ich sah in einer Art Zukunftsvision, wie sich die Konturen dieses Hauses verwandelten und ihre künftige Gestalt annahmen. Ich Heutiger sah mich selbst aus dem unsicheren Blickwinkel einer vermuteten Entwicklung. Noch war ich geschwächt von der Krankheit, ich hatte weder die Kraft noch die seelische Energie, einem Haus, einer Zeit oder einem Alter nachzutrauern, da doch alles unwiederbringlich verloren war; vielleicht war ich gar nicht imstande, sie zu verlieren und die Wahrheit meiner Lage in diesem Augenblick zu erfassen. Ich kam mir vor wie ein Objekt ohne jegliche Zugehörigkeit, dessen Sinn und Zweck die Menschen von einem Augenblick zum anderen vergessen hatten. Mechanischen Schrittes entfernte ich mich in irgendeine Richtung, geistesabwesend und dem Zufall hingegeben.

Seit langem war ich nicht mehr bei der Schwarzen Kirche gewesen, dem ältesten und eindruckvollsten der Gotteshäuser, welche die Stadt in ihrer apokryphen Geschichte ererbt hatte. Sie stand an der Küste in einer einsamen Gegend, wo irgendwann einmal der Kern der alten Befestigungsanlagen gewesen war, und ihr düsteres Profil herrschte heute nur noch über die Spuren der zerstörten Mauern, die sie zur Zeit ihrer Größe umgeben hatten, und daneben über einige Hütten, die von der Armut zwischen geschwärzten Platten und Unkraut improvisiert worden waren. Massiv, mit dicken Mauern und Strebepfeilern, mit harmonischen Türmen und Kuppeln nach byzantinischer Art, schien sie eine vergessene, von Zeit und Schatten eroberte Festung zu sein. Weiter entfernt, hinter einem öden, von Disteln überwucherten Platz setzten andere Fragmente die zerstörte Mauer fort, dann folgte eine Bastion und am Ende der Hafen. Wie die Alten erzählen, habe es einst auch eine unterirdische Galerie gegeben, eine Verbindung zwischen der Kirche und der Bastion,

aber unsere Armut machte alle Versuche zunichte, die von Jahrhunderten verschütteten Eingänge unter dem Sand und den Steinen zu erforschen.
Ein Gottesdienst fand nur noch selten statt. Hingegen wurden hier die meisten Bestattungen vorgenommen, weil man auf dem schmalen Streifen zwischen Kirche und Meer den neuen Friedhof der Stadt angelegt hatte. Hier wurden alle begraben, die in den anderen drei Friedhöfen keine Familiengruft besaßen. Die Priester kamen von irgendwo. Als Kirchensänger diente der Küster, ein ehemaliger Seemann, womöglich auch Pirat, wie böse Zungen behaupteten, der sich, nachdem seine Frau gestorben war, hier eingenistet und fleißig Kirchenbücher studiert hatte; seine ganze Zeit verbrachte er zwischen Büchern und Glocken. Und was für Glocken! Es waren die größten und klangvollsten von allen, die ich jemals in den zahllosen Städten meiner Kindheit und Jugend gehört hatte. Den Küster kannte ich nur vom Sehen, und der Umstand, daß ich ihm nun plötzlich als Mieter seines Hauses entgegentreten mußte, schüchterte mich ein. Doch ich konnte nichts dagegen tun, und nachdem ich ziellos durch die Straßen gestreift war, ging ich zur Schwarzen Kirche.
Ich schritt um die dunklen Mauern, die grün waren vom Moos und vom Auswurf der Jahre, und gelangte zur Pforte meiner zukünftigen Wohnung. Ein niedriges, gelbgetünchtes Haus, das mit Fichtenschindeln gedeckt war. Lange zögerte ich. Als wollte ich die Grabesstille nicht stören, die dieses unheilvolle Schlupfloch umgab.
Schließlich klopfte ich und sogleich erschien der Küster in der Türöffnung, um mich sehr förmlich, beinahe mit unterwürfigem Respekt, zu grüßen. Er bat mich einzutreten und überhäufte mich mit einem Schwall von Komplimenten. Das Haus hatte einen großen Vorraum mit einem Bett im Hintergrund, und zu beiden Seiten je ein Zimmer, deren Türen gegenüberlagen. Früher hatte er allein in den beiden Zimmern gewohnt, und daher begriff ich nicht den Grund seiner außerordentlichen Freude über meine Ankunft, die ihn um eines der beiden Zimmer bringen würde. Ich fühlte mich sogar eingeschüchtert und irritiert von der unangebrachten Liebenswürdigkeit, die er mir ungebetenem Mieter erwies.

Er öffnete das Zimmer zur Linken und bat mich – mit seinen ärgerlichen Verbeugungen – einzutreten. *Drüben wohnen Sie?* fragte ich ihn, um überhaupt etwas zu sagen. *Nein*, antwortete er mit deutlich überraschter Stimme, als wundere er sich, daß ich mich im Haus noch nicht zurechtfinde. *Ich schlafe hier.* Und er zeigte auf das Bett im Vorraum. *Drüben sind die Herrschaften. Ich habe schon lange Demut und Barmherzigkeit geübt und voll Beständigkeit an unsere Aufgabe geglaubt. Ich bin nicht wie die anderen, die . . .*, aber ich ließ ihn nicht mehr weiterreden, sondern schlug ihm, seiner Falschheit und Unterwürfigkeit überdrüssig, die Tür vor der Nase zu, und fragte mich im Innern, wer wohl diese *Herrschaften* sein mochten?

VII

Das Zimmer war groß und fast leer. Ein einziges Metallbett mit einer Strohmatratze, die mit einer dicken Decke aus grober Wolle umhüllt war, ein schreiend rot lackierter Schrank aus derben Brettern und ein Tisch, der gar nicht zur Armseligkeit der Einrichtung paßte; er war klein, aus kostbarem, wohlriechendem Holz, seine Intarsien verrieten die Hand eines der großen Meister vergangener Jahrhunderte und er fügte sich so schlecht unter die anderen Dinge dieses Zimmers mit seinem von einer Binsenmatte bedeckten schmutzigen Fußboden, daß er den Eindruck von Elend und Geschmacklosigkeit nur noch verstärkte. Nur die großen Fenster trösteten mich, eines ging auf den Friedhof am Strand hinaus und zeigte das Meer in seinem ganzen grausamen Glanz.
Ich ging eine Zeitlang im Zimmer umher und fand mich nicht zurecht. Nichts vom Echo meines Wesens, das zu hören ich seit jeher gewöhnt war aus den Dingen der Umgebung, aus dem intimen Universum der Dinge, die von meiner Gegenwart erst beseelt wurden. Jedes Ding schien mir ein fremder Körper in einem verworrenen Organismus zu sein, eine unerwünschte Gegenwart, die sich unter dem Vorwand der Nützlichkeit eingeschlichen hatte, ein Memento der Unsicherheit, des Verdachts und des Zweifels. Ich setzte mich unter dem Zwang meiner von der Rekonvaleszenz her-

rührenden Schwäche aufs Bett und begann an die kommenden Wochen zu denken: Wäre ich erst wieder bei Kräften, dann müßte ich versuchen, mein Leben ein wenig erträglicher zu gestalten und vor allem eine geeignete Wohnung zu finden, um diese elende Bude loszuwerden, in die mich das Schicksal verschlagen hatte.

Während ich solchen Gedanken nachhing, öffnete sich leise die Tür, und eine Gestalt von beklagenswertem Aussehen trat ein: Die Frau schien noch recht jung zu sein, war aber in viel zu große, schwarze Männerkleider gehüllt, ihr Haar war kurz und unordentlich, als hätte sie es selbst geschnitten, ohne auch nur einen Spiegel zur Hand genommen zu haben. An den Füßen trug sie eine Art Schuhe aus ungeschickt geflochtenem Schilfrohr. Sie blieb auf der Schwelle stehen, verbeugte sich mehrmals, wobei sie eine Formel stammelte, die weniger einem Gruß ähnelte als einer schüchternen, unterwürfigen Huldigung, und dann näherte sie sich dem Schrank, öffnete ihn und entnahm ihm einen kleinen Besen, mit dem sie den Boden zu kehren begann.

Ihre Anwesenheit war mir lästig – und nach einigem Zögern bat ich sie, ihre Tätigkeit auf später zu verschieben, indem ich ihr versprach, das Zimmer gleich zu verlassen, sobald ich mich ein wenig ausgeruht haben würde. Aber meine Worte hatten keinen Erfolg. Als hätte sie gar nichts gehört, fegte sie mit langsamen Bewegungen weiter, wobei sie immer wieder zum selben Platz zurückkehrte, um von neuem zu beginnen. Als ich es nicht mehr ertragen konnte, verließ ich das Zimmer und warf die Tür hinter mir zu. Im Vorraum traf ich wieder den Küster, aber ich vermied ein Gespräch und tat, als würde ich ihn nicht sehen und sein zusammenhangloses Gerede nicht hören, mit der er mich abermals überfiel. Ich ging auf den Friedhof, der das Haus vom Meer trennte.

Es war ein Tag im späten Herbst: verfaultes Gras, feuchte Erde von schimmligem Geruch, kranke Luft mit schmutzigen Perlen. Ein weiter Himmel und ein stummer Horizont am Rande der grauen Wasser, die vom kalten Grün einer todgeweihten Jahreszeit durchzogen sind. Der Wind wehte grimmig vom offenen Meer her, beflügelte weiß die Wellen, spülte Aas, Abfälle und Wurzeln an den Strand. Am Friedhof

fiel mir eine Menge frisch ausgehobener Gräber auf. Es war, als warteten irgendwo in der Stadt zahllose Tote unsichtbar darauf, an die Reihe zu kommen, aber nirgends sah ich auch nur die Spur eines Menschen. Erst draußen auf der schmalen sandigen Landzunge schliefen, nur wenige Schritte vom Schaum der Wellen entfernt, unter dem Schutz eines älteren Grabes auf einer Binsenmatte drei Arbeiter, wie mich die unweit liegenden Spaten und Schaufeln vermuten ließen. Denn nach ihrer Kleidung und den feinen Zügen ihrer Gesichter, die das Siegel ferner Abstammung trugen, schienen sie die ehedem führenden Gelehrten der Stadt zu sein, oder vielleicht wohlhabende Reisende, die von irgendwo gekommen waren. Ihre Gesichter verrieten Ermattung, und ihr tiefer Schlaf verlieh ihnen das Aussehen von Ertrunkenen, die man an den Strand gebracht hatte, damit sie nebeneinander liegend das letzte Ritual, das Begräbnis, erwarteten.
Während ich ihre Gesichter betrachtete, stieg Ekel in mir hoch. Kraftlose Opfer, beklagenswerte Gefangene, ergeben in ihr Los von Überlebenden, die ihr restliches Leben um den Preis der Feigheit und der Demütigung erkauft hatten. Mich überkam die Lust, sie aufzuwecken und anzuspucken, obwohl ich nicht wußte, wer sie waren und welche Aufgabe sie dort am Rande des öden Friedhofs hatten. Ich sehnte mich nach einem männlichen und stolzen Antlitz, aber ich wußte nicht, ob ich selbst noch ein solches trug, und vielleicht richtete sich mein plötzlicher Grimm auch gegen die Spiegel, in denen mich, so sagte mein Gefühl, bittere Enttäuschung erwartete.
Zum Glück wehte der Wind. Sein wohltuender Atem ließ mich wieder zu Kräften kommen, stand mir von innen her bei und stützte mich gegen den Ansturm von häßlicher Bedrücktheit. Ich war nicht allein, denn der Wind war bei mir mit seinen zahllosen Stimmen und Gestalten, mit den zahllosen Menschen, die in seiner Kraft und seinem Geiste lebten. Ich ging den Strand entlang und verschmolz mit den fernen Ahnen, für deren Existenz nichts anderes zeugte als mein Blut, das sich noch nicht mit der bösen Lymphe des Tages vermischt hatte.
Als ich mich plötzlich umwandte, um noch einmal den Friedhof zu betrachten, erblickte ich die Putzfrau, die in

mein Zimmer gekommen war, wie sie sich eben hinter einem Kreuz versteckte und hinter einen frisch ausgehobenen Haufen Erde glitt. Ich begriff nicht, warum sie hinter mir her war und welchen Sinn diese Verfolgung hatte. Erst viel später sollte ich es erkennen. Zunächst war ich versucht, auf den Friedhof zurückzukehren, um ihr zu zeigen, daß ich sie entdeckt hätte, und um sie sogar zu rügen, aber es schien mir dann vergeblich, weil ich es für unmöglich hielt, dieser schwachsinnigen Person etwas begreiflich zu machen. So nahm ich meinen Spaziergang am Strand wieder auf und kehrte auf einem anderen Weg erst dann wieder nach Hause zurück, als der Tag zur Neige ging.

VIII

Die Prüfungen, die ich durchzustehen hatte, begannen einander an Maßlosigkeit zu übertreffen.

Die Tatsache, daß ich ohne Verständigung und ohne meine Zustimmung aus meiner alten Wohnung in das Haus des Küsters zu übersiedeln gezwungen worden war, konnte nur ein Zeichen sein, das mir das Leben auf einem nebligen Kreuzweg gab. Schwieriger war vielleicht der Kreuzweg in mir selbst. Ohne Nachricht und ohne Zeichen. Die mißlungene Flucht, die Krankheit, die Einsamkeit . . . aber ich fühlte noch eine andere Macht sich allmählich ausbreiten in meinem Leben, das vielleicht nur zur Hälfte das meine oder früher einmal das meine gewesen war. Niemals hat man Götter genug, niemals hat man Ikonen genug, Fackeln genug, Dolche genug. Seid gut und lebt mein Leben wenigstens eine Weile, denn ich will schlafen, nehmt mir alles außer dem Schlaf und der inneren Leere, dieser höchsten Freude der Fremden – so sprach ich im Geiste zu den Leuten, die ich bei meiner Rückkehr in meinem Zimmer vorfand. Ich blieb auf der Schwelle stehen und betrachtete sie, ohne mich zu rühren.

Es waren drei Männer, die in ihrem Aussehen jenen dreien glichen, die ich schlafend am Friedhof gefunden hatte. Sie waren in elegante Abendanzüge gekleidet, trugen hohe und glänzende Hüte und grüßten mich förmlich und unnahbar, um sogleich wieder ihren eigenen Dingen nachzugehen. Sie

hatten noch einen, ebenso großen und roten Schrank neben den anderen gestellt und ordneten nun streng und pedantisch in den Fächern eine Menge Dinge, unter denen ich einige meiner Habseligkeiten erkannte. Dann wandten sie sich mir zu, lüfteten ihre Hüte leicht zum Gruß, sprachen wie aus einem Mund *Mein Herr* . . ., und gingen. Der älteste von ihnen war zweifellos der General, der mich im Spital besucht hatte, aber diesmal war sein Verhalten ganz anders: Er tat, als sähe er mich zum ersten Mal im Leben.
Ich wollte die Tür verschließen, stellte aber fest, daß sie weder Schlüssel noch Schloß hatte. Es ging mir nur um die Putzfrau, die sich von neuem ins Zimmer hätte schleichen können, und ich empfand mehr als je das Verlangen, allein zu sein. Vor allem das Bett lockte mich. Ich hatte bei diesem ersten Spaziergang des Guten zuviel getan und fühlte nun Müdigkeit oder Schwäche – oder war es vielleicht nur das Bedürfnis zu schlafen – ein gebieterisches Verlangen nach Dunkelheit unter den Lidern und auf der Gehirnhaut. Hingestreckt, die Hände unterm Kopf, schlief ich rasch ein, obwohl mein Schlaf durchsichtig und ruhelos war. Von Zeit zu Zeit wachte ich erschrocken auf und hatte den Eindruck, daß jemand im Zimmer umhergehe, aber es war niemand da. Ein einziges Mal gelangte taubes Stöhnen an mein Ohr; vielleicht kam es aus dem Vorraum, wo der Küster schlief, vielleicht aus dem anderen Zimmer, über dessen Bewohner – *die Herrschaften,* wie sie genannt wurden – ich noch nichts wußte. Ich hörte dies wie im Traum und hatte nicht die Kraft, mich vom Bett zu erheben, um zu sehen, was vor sich ging. Hingegen sah ich gegen Morgen, welchem Zweck die Gräber auf dem Friedhof dienten, obwohl das Gesehene mir auch diesmal nicht völlige Klarheit verschaffte.
Ich war beim Morgengrauen erwacht, und als ich durch das große Fenster zum Friedhof am Strand des Meeres blickte, nahm ich einige Silhouetten wahr, die sich zwischen den Gräbern bewegten. Da ich nicht den Mut hatte, durch den Vorraum zu gehen und den Küster auf mich aufmerksam zu machen, öffnete ich das Fenster und stieg hinaus. Zitternd vor Kälte schlich ich langsam zwischen den Erdhaufen und den abgestorbenen Blütenstauden hindurch und gelangte zur Mitte des Friedhofs, wo die drei Männer, die ich tags zuvor

schlafend angetroffen hatte, gerade dabei waren, den Deckel eines vermoderten Sarges zu öffnen, der aus der unweit ausgehobenen Grube stammte.
Ich betrachtete sie aufmerksam, um mir ihre Gesichter ins Gedächtnis zu prägen, und ließ dann meinen Blick in die Runde schweifen, weil ich sicher sein wollte, unbeobachtet zu sein, aber dabei bemerkte ich, daß der Küster hinter einem anderen Hügel versteckt die Arbeit der Männer überwachte. Die drei entnahmen dem Sarg ein Skelett und warfen es in einen Karren, in dem noch einige Gebeine lagen, die man aus anderen Gräbern geholt hatte. In diesem Augenblick erhob sich der Küster, näherte sich ihnen und dankte ihnen in seiner unterwürfigen Weise, wobei er hastig jedem die Hand küßte. Und trotzdem war es klar, daß er sie befehligte, wenn man nach ihrer Haltung und nach der Art urteilte, wie er sie bat, auch in der folgenden Nacht *ihre heilige und hohe Tätigkeit* auszuüben. Dabei hätte ich es mit gutem Grund bewenden lassen, wenn ich nicht eben dann eine andere Gestalt gesehen hätte, die alle zusammen zu belauern, ihre Bewegungen zu überwachen und ihre Gespräche mitzuhören schien. Nur der Kopf war sichtbar zwischen den Sträuchern, unter denen sie sich verbarg, und es bedurfte einer gewissen Anstrengung, um schließlich zu erkennen, daß es sich um die Putzfrau handelte, die mein Zimmer gefegt hatte.
Ich nützte ihre allein den Totengräbern und dem Küster gewidmete Aufmerksamkeit und den Morgennebel, um in den gegenüberliegenden Teil zu schleichen, wo ich mich hinter einem anderen, von einem hohen Eisengitter umgebenen Grabstein versteckte. Ich war knapp neben dem Meer. Am schmalen Strand lag ein großes, schwarzes Boot, halb auf den Sand gezogen, so daß sich sein Heck auf den Wellen wiegte. Als ich leicht den Kopf reckte, wurde ich gewahr, wie die Totengräber sich mit dem Karren näherten, in dem sie über die Skelette auch die Überreste der ausgegrabenen Särge geworfen hatten. Sie luden alles in das Boot, bestiegen es und glitten hinaus aufs offene Meer, während der Küster umkehrte, nachdem er ihnen eine Weile mit den Blicken gefolgt war. Er ging an jener Stelle vorüber, wo die Putzfrau auf der Lauer gelegen hatte, aber wahrscheinlich war sie längst verschwunden.

Der Tag war nun ganz angebrochen. Ich kehrte zum Haus zurück und als ich den Friedhof durchquerte, fand ich auf zwei Gräbern ein paar Blumen, die man erst vor kurzem hier gepflanzt hatte. Blaß von der Kälte der Nacht, vereinsamt in der braunen Landschaft des Herbstes voll von Fäule und Rost, schienen sie Wunden an Leichen zu sein, Stigmata von schrecklicher Verheißung. Ich war beinahe sicher, diese Gräber würden am nächsten Tag nur noch frisch ausgehobene Gruben sein, während die Gebeine mit jenem großen Boot den Weg in die Tiefe angetreten hätten.

IX

Die zu Hause verbrachten Tage, die gelegentlichen Spaziergänge am Strand, der Friede und der Schlaf ließen mich vollends genesen. Das Wetter hatte ständig gewechselt. Es kamen die langen Nächte, es wurde kalt, die Herbstregen zogen vorüber wie Tausendfüßler, und der sterbende Boden erwartete den Schnee. Vor dem weißen Frost hatte sich ein grauer Frost ausgebreitet, auf dem der Winter einhergleiten sollte. Langsam, auf langen Sohlen, mit ausgebreiteten Flügeln, mit aufgeregten Möwen, die gleichzeitig dem Brausen des Windes und dem Schweigen der Menschen trotzten.

Ich war zwar gesund, hatte aber trotzdem irgendwie das Gefühl, daß jemand anderer an meiner Stelle genesen war. In der Zwischenzeit besuchten mich die drei eleganten Lastenträger in launischen Abständen und brachten jedes Mal einen weiteren der üblichen Schränke mit, so daß die Wände meines Zimmers rundum mit roten Schränken verstellt wurden. Alle meine Versuche, ein Gespräch mit ihnen zu beginnen oder sie auf die eine oder andere Weise dazu zu bringen, mir zu sagen, in wessen Auftrag sie kämen und wem die unzähligen Sachen gehörten, die sie in die Schränke legten, neben die meinen, die sich schon in dem Durcheinander verloren – alle diese Versuche erwiesen sich als zwecklos. Ernst und feierlich in ihrer tadellosen Abendkleidung gingen sie schweigend ihrer Arbeit nach und ignorierten mich bis auf einen andeutungsweisen Gruß, den sie vermutlich auch an jenen Tagen aussprachen, da sie mich nicht zu Hause fanden.

Ich hatte mich an sie gewöhnt und an die Putzfrau, die ebenso ungerufen eintrat: einmal um Ordnung zu machen, wenn es mir gerade nicht paßte, einmal um in den Schränken nach irgendwelchen Dingen zu suchen, einmal um nur eben starr in der Tür stehenzubleiben, in Gedanken versunken und allerlei Grimassen ziehend, bevor sie sich wieder zurückzog. Mir blieb immer nur der Trost, daß ich doch schließlich eine andere Wohnung finden würde, um mich von all den kleinen aber unausstehlichen Plagen zu befreien, die mich hier quälten. Bis dahin stand mir noch das Atelier zur Verfügung, das zum Glück nicht allzuweit entfernt war – näher sogar als zu meiner früheren Behausung – und sobald ich mich dazu im Stande fühlte, machte ich mich auf den Weg.

Dort schien alles wie früher zu sein.

Ich fand meine Werkzeuge an ihrem Platz, die Steine und Baumstämme, an denen ich arbeitete, erwarteten mich reglos – ja einige zeigten sogar Spuren des Eingriffs einer anderen Hand, die versucht hatte daran weiterzuarbeiten. Und das mißfiel mir. Erst dann bemerkte ich im Hintergrund, in der Nische, wo ich einige Marmorblöcke aufbewahrte, ein schmales Bett, das aufgestellt zu haben ich mich nicht entsinnen konnte, obzwar ich eine Zeitlang tatsächlich diese Absicht gehabt hatte, weil ich dann im Atelier hätte schlafen können, wenn ich mich bei der Arbeit verspätet, und die Nacht mich fern von daheim überrascht hätte.

Ich untersuchte das Bett und entdeckte nichts außer einem Paar ausgetretener Hausschuhe darunter und zwei, drei Flaschen billigen Fusels, die fast geleert waren. Eine leichte Übelkeit überkam mich allmählich; trotzdem begann ich an einem der Vögel zu arbeiten, und zwar nach dem Modell der großartigen Mosaiken im Hafen, jetzt verfallen, aber noch Spuren einstigen Glanzes bewahrend. Es war das wichtigste Element einer Skulptur, die von der Witwe eines Kapitäns bei mir für das symbolische Grabmal ihres Mannes bestellt worden war; er hatte irgendwo im Meer des Südens Schiffbruch erlitten. Die Arbeit tat mir gut, weil ich für einen Augenblick wieder zu mir selbst kam, und die Berührung des Steins mir neue Kräfte verlieh.

Als ich alles um mich her vergessen hatte und voll mit meiner Arbeit beschäftig war, hörte ich plötzlich, wie die Tür sich öffnete und ein Fremder von ungewisser Gestalt eintrat:

langhaarig, rundes aufgedunsenes Gesicht, herunterhängender Schnurrbart, klebrige Augen wie ein toter Fisch, ein Lächeln, das ihm das Aussehen eines frechen, eingebildeten und gleichzeitig unterwürfigen Bettlers gab; er hatte etwas ungemein Abstoßendes. Er grüßte mich mit heuchlerischer Gebärde und glitt zu dem Bett in der Nische, wo er sich niedersetzte, seine Schuhe auszog und seine schmutzigen und nassen Fußlappen ablegte, die er an Stelle von Strümpfen trug. Ich kehrte ihm angeekelt den Rücken und setzte meine Arbeit fort. Noch nie war ich so von Widerwillen befangen gewesen. Und das war mir um so unangenehmer, als ich spürte, daß dieses Individuum meinen Widerwillen mißbrauchen werde.
Nachdem er seine Füße endlich ausgeschält hatte, machte er Feuer im kleinen eisernen Ofen, hängte seine Fußlappen zum Trocknen auf, trank einen Schluck Schnaps und begann, nachdem er aus einem Lumpen einige Speisereste gewickelt hatte, diese zu verzehren, wobei er langsam kaute und ein Buch mit abgegriffenem Einband las. Er ließ sich durch meine Gegenwart überhaupt nicht stören und benahm sich mit der Ungezwungenheit eines Mannes, der sich wie zu Hause fühlt, selbst dann, wenn er nur ein bedauernswerter Eindringling ist. Nur der fürchterliche Ekel, der mich tyrannisch beherrschte, hielt mich davon ab, ihn beim Kragen seines schmutzigen Rocks zu packen und auf die Straße zu setzen, wie er es reichlich verdient hätte. Ich begann, vor Erregung zu zittern, und entschloß mich zu gehen. Aber als ich mich an mein Zuhause erinnerte, an das unterwürfige Gesicht des Küsters, an die Putzfrau und an die häßliche Einrichtung des Zimmers mit seinen plumpen Schränken, gab ich meine Absicht auf und ging mit stummem Grimm wieder meiner Arbeit nach.
Nach einiger Zeit begann der Kerl, durch mein Schweigen erbost, auf mich einzureden, wobei er mir allerhand anmaßenden Unsinn auftischte. Er erzählte von einem Kloster, aus dem er ausgetreten war, um das Prestige der Kunst wiederherzustellen, dann von der echten Bescheidenheit, einem Zustand ekstatischer Verzückung, von der Kontinuierlichkeit des Irrealen im Rhythmus des ontologischen Werdens, vom Traum als einer Form großmütigen Protests,

von der Unterbrechung des Erlebnisflusses durch ein wiederholtes Eindringen der sexuellen Besessenheit in das kategorielle Universum. Er zitierte wirr durcheinander die Namen von Denkern vergangener Zeiten, von militärischen oder politischen Abenteurern, von berühmten Schauspielerinnen, er bezog sich auf die Magie und die Heraldik. Dabei redete er die ganze Zeit mit vollem Mund und wurde mit seiner Mahlzeit nicht fertig.
Nach einigen gelangweilten Antworten, die mit gleichgültiger Ironie aufgenommen wurden, schwieg ich und ließ ihn allein weiter schwatzen. Von seinem ganzen Gerede behielt ich nur ein einziges Bruchstück – genug übrigens, mir Ekel vor meinem eigenen Atelier einzuflößen: daß er und seine nicht sehr zahlreichen Freunde, die seine Ideen teilten, den Auftrag hätten, gemeinsam mit mir zu arbeiten; und er war auch damit nicht zufrieden, weil die besten Ateliers, wie er sagte, noch immer in den Händen der Betrüger seien. Er bot mir sogar an, mir mit Ratschlägen und Empfehlungen zur Hand zu gehen; vielleicht hätte er dies auch sogleich versucht, wenn nicht eben in diesem Augenblick ein kleines zwitterartiges Wesen eingetreten wäre, das an mir vorbeiging und mich mit einem einzigen Blick vernichtete, um den anderen am Arm zu nehmen und mit ihm zu verschwinden.
Eine Weile versuchte ich noch zu arbeiten, aber es wollte mir wegen meiner schweifenden Gedanken und der Bedrückung, die mich nach dem Verschwinden der beiden überkommen hatte, nicht mehr gelingen. Ich fühlte mich immer weniger imstande zu arbeiten. Ein Schwächeanfall ermattete meinen Körper, und mein Gehirn umwölkte sich. Schmerzlich verfolgte mich das Gefühl, daß ich nirgendwo mehr hingehen könne, daß alle Krankheiten der Welt mich heimgesucht hätten, daß ich selbst schon kein Antlitz mehr besäße und eine amorphe Materie sei. Im Gedächtnis sah ich wieder meine alte Wohnung mit ihrer Ruhe und Einsamkeit, mit ihrer intimen Atmosphäre, die ich nun verloren hatte, und ich dachte an die frühere Abgeschlossenheit des Ateliers, an die Freude, die Trauer, die Hoffnung oder Verzweiflung so vieler Tage des Suchens und der verbissenen Arbeit. Und jetzt nichts außer der Leere in einer Welt, die sich um mich herum gräßlich verwandelte und mich ohne mein Zutun allmählich

in die Tiefe riß. Ein ungewisses und quälendes Bedauern überfiel mich, weil ich die zuvor erhaltenen Einladungen nicht beachtet hatte, und ich sagte mir, es wäre vielleicht – wer weiß es – anders gekommen, wenn ich jene *Liga der Bettler* aufgesucht hätte. Und es wäre gewiß zum Guten geraten, weil es, wie ich damals glaubte, gar nicht schlimmer hätte kommen können. Aber seit dem Gespräch mit dem General, der mich im Spital besucht hatte, waren keine Einladungen mehr eingetroffen.

X

Und so fand ich mich allein, ohne jemals allein sein zu können.

Alle, die ich vor längerer oder kürzerer Zeit kennengelernt hatte, hielten nun nicht zu mir, obwohl auch sie sich jener unsichtbaren Macht zu widersetzen schienen, die ihre undurchdringlichen Hierarchien überall einrichtete. Sie hielten im Gegenteil zu den anderen, sie suchten einen privilegierten Platz unter dem umgekehrten Stern, der zum Zenith stieg, während ich vergeblich auf den Stern des Niemals wartete. Sogar der Eklige, der sich mit seinen Schülern, einer bunt zusammengewürfelten Menge von mediokren und lärmenden Schwächlingen, in mein Atelier eingeschlichen hatte, war in den Lauf der Dinge verwickelt und sichtlich dazu bereit, die Rolle eines offiziellen Rebellen zu spielen, der sich, von Berufs wegen unzufrieden, durch Aufsässigkeit hervortut.

Nach längerem Zögern entschied ich mich, eine Wohnung zu suchen. Ich begann an einem Nachmittag, der von den Flokken des ersten Schnees eingehüllt war, durch die Stadt zu streifen, ich untersuchte die Haustüren, um Hinweise auf zu vermietende Zimmer zu finden, aber zu meinem Erstaunen fand ich nichts. Als ich keinen Bedarf hatte, fand ich solche Zettel oft auf Türen, Fenstern, Mauern – und nun waren sie völlig verschwunden. Es blieb mir nichts anderes übrig, als da und dort nachzufragen, aber auch auf diese Weise erhielt ich nicht einmal ein Versprechen oder wenigstens eine Auskunft, die mir genützt hätte.

Viele Türen, an die ich klopfte, wurden mir nicht geöffnet.

Bei anderen Türen kam zwar jemand heraus, meist ältere Frauen mit müdem und mißtrauischem Blick, aber alle sagten das gleiche, daß nämlich keine Zimmer zu vermieten seien, und schlossen hastig wieder hinter sich zu. Die ganze Zeit über verfolgte mich eine unauffällige Gestalt, deren Gegenwart ich erst spät bemerkte, als ich die Hoffnung verlor, noch etwas zu finden und mich auf den Weg zum Haus des Professors machte. Da entdeckte ich ihn und erinnerte mich plötzlich, ihn schon mehrmals gesehen zu haben. Als er sich beobachtet fühlte, zog er seinen Hut und streckte ihn mir grinsend hin. Ich warf ein Geldstück hinein und entfernte mich.

Wie ich zu dem Entschluß kam, von neuem den alten Professor zu besuchen, weiß ich nicht mehr genau. Seit ich aus dem Spital entlassen war und seit ich den Eindruck gehabt hatte, ihn als einen jener Männer zu erkennen, die ich in meiner früheren Behausung gesehen, seit damals hatte ich nicht mehr an ihn gedacht. Vor der Tür seines Hauses wartete ich lange, bis der Diener, der mich gut kannte, erschien und mich einlud einzutreten. Ich argwöhnte nichts. In dem riesigen, mit Büchern, Retorten und Flaschen voll bunter Flüssigkeiten angefüllten Raum, wo sogar der Hund wie gewöhnlich zusammengerollt auf dem verschlissenen Kanapee vor dem Schreibtisch schlief, fand ich zwei Juden, die Rücken an Rücken gefesselt auf das Sofa beim Fenster hingeworfen waren. Sie ähnelten einander wie Vater und Sohn. Sie trugen Ritualkleidung, und unter ihren schwarzen breitkrempigen Hüten ringelten sich die Locken ihrer kastanienbraunen Koteletten hervor. Sie murmelten in einem fort unverständliche Gebete, blickten mit verlorenem Blick himmelwärts, und ihre von langen Bärten umrahmten Gesichter waren starr.

Wo sind wir, Freund? fragte mich der Ältere. *Bist du vielleicht einer von denen, die uns letzte Nacht hierher gebracht haben? Welche Schuldenlast bürdet man auf unsere Schultern, welche Sünden haben wir begangen gegen die neue Herrschaft der Stadt?*

Ich war der letzte, der auf ihre auch für mich geheimnisvollen Fragen hätte antworten können. Ich sagte ihnen, ich sei gekommen, den Professor zu sehen, und die Entrüstung,

die meine Überraschung begleite, sei die einzige Hilfe, die ich ihnen im Augenblick bieten könne; doch dann würden wir sehen, was ich für ihre Befreiung tun könnte. Ich schlug ihnen vor, ihre Fesseln mit meinem Dolch zu trennen, doch beide lehnten entschieden ab: *Das ist nicht nötig. Es wäre umsonst!*, riefen sie einstimmig. *Wohin könnten wir fliehen, da hier doch alles in ihren Händen ist? Schon morgen hätten sie uns zurückgebracht. Was für ein Professor ist das? Was ist seine tatsächliche Aufgabe?*
Ich begann, ihnen alles, was ich vom alten Professor wußte, und sogar von meinen eigenen Bedrängnissen zu erzählen, aber ich hatte dabei das Gefühl, nur zu fabulieren, obgleich ich nichts als die Wahrheit sagte. Es war alles, was ich wußte. Aber diese Wahrheit war mit der Zeit zu einer schamlosen Lüge entstellt worden. Die Wahrheit, die ich kannte, war längst verschwunden und durch eine andere ersetzt, die sich verstellte und im Dunkel verlor.
Die Juden lauschten aufmerksam meiner Erzählung und dankten mir von Herzen. Sie schienen die Ereignisse viel besser zu verstehen und beim Zuhören nicht nur ihre eigene, sondern auch meine Situation begriffen zu haben. Der Alte schwieg in Gedanken versunken, und der Junge sagte mir voll Bitterkeit: *Mein Freund, du bist gebundener als wir, selbst wenn du deine Fesseln nicht siehst. Ein schwarzes Schicksal erwartet dich. In nicht allzu ferner Zeit wirst du dich meiner Worte entsinnen. Hüte dich davor, jene zu suchen, die du von früher her kennst, so wie du jetzt hierher kamst. Versuche, deinen Platz unter jenen zu finden, die du nach deiner Entlassung aus dem Spital trafst, und nimm sie so, wie sie sich dir zeigen, bemühe dich nicht, ein anderes Wesen als jenes, das du sehen kannst, zu entdecken. Vergiß, wer du gewesen bist, und versuche, dich mit jenem zu identifizieren, zu dem du mit der Zeit werden wirst. Soviel kann ich dir noch sagen, obwohl es mich vielleicht teuer zu stehen kommt: Nimm dich in acht vor jener, die du »Putzfrau« nennst. Wenn du wüßtest, wer sie ist, wärest du vorsichtiger.*
Ich verließ das Kabinett des Professors, um in die anderen Räume des Hauses zu schauen, aber alle waren versperrt. Auch der Diener, der mich eingelassen hatte, war nirgends zu finden.

XI

Das Schneetreiben war dichter geworden, bald waren die Straßen bedeckt. Wie ein weißes Tuch breitete sich der Schnee lindernd über Elend und Bedrückung.
Ich blieb auf der Straße stehen, barhäuptig, bis der Schnee mir seine kalte Hand auf den Scheitel legte. Mein Geist schweifte ziellos umher – die Erinnerung war mein Fluch. Zu viele Erinnerungen, zu viele Anhaltspunkte für sinnlos gewordene Gegenüberstellungen, zu viele Hindernisse am Zusammenfluß der Leere von draußen mit jener, die in mir hätte triumphieren sollen.
Auch ich hätte ein wenig Schnee im Innern gebraucht, ein weißes Tuch über mein Gedächtnis. Es gab niemanden in dieser Stadt, keinen Menschen, nicht einmal mich selbst. Alles ist Jetzt, alles beginnt fortwährend, jeder Augenblick ist eine urtümliche Zelle. Nur unter dem Schutz dieses Jetzt verlieren die Dinge ihre Perspektive und ihre Dimensionen, sie reduzieren sich zu einer flachen Gegenwart, auf der man selbst wie ein Objekt einhergleitet. Werde ich jemals dort anlangen?
Die Dunkelheit hatte sich über die Straße gesenkt, als ich, verfolgt vom Bild der gefesselten Juden und von den Worten des Jüngeren, zur Schwarzen Kirche schritt. Vereinzelte Lichter entzündeten sich, aber viele Häuser versanken in Finsternis. Der Kai schien eiszeitlich, das Meer bereitete seinen Panzer aus grünspanigem Kupfer vor, an der Reede im Hafen lag kein Schiff mehr, die Fahrten schliefen zusammen mit den Schlangen der Öde. Niemand schien mich zu verfolgen, und die Passanten, die immer seltener und eiliger wurden, hatten die Blicke zu Boden gerichtet, die Hände tief in die Taschen gesteckt und würdigten mich keines Blickes. Überall traf ich Wächter, Männer des Gesetzes, gekleidet in abgetragene, lange Pelze, zahlreicher als sie früher gewesen waren. Manch einer streckte mir im Vorübergehen seinen Hut hin und ich überraschte mich selbst voll Unwillen dabei, wie ich ihnen je eine Münze zuwarf, ohne mir dessen bewußt zu sein. Im Grunde hatte ich Geld genug; die Erbschaft von meinem Vater enthob mich aller Sorgen, aber es mißfiel mir, daß ich begonnen hatte, solche Sitten stillschweigend zu akzeptieren.

Die massive, einsam und dunkel daliegende Kirche ließ in den Fenstern ein schwaches Flackern erkennen. Ich trat ein, um zu sehen, was vorging. Ein Toter lag auf einem Katafalk, umkränzt aus künstlichen Girlanden, und am Kopfende las der Eklige von meinem Atelier Gebete aus einem alten Buch mit silbernem Deckel. Die Fackeln verbreiteten ein düsteres Licht. Ein Priester, den man seines Rechtes beraubt hatte, den Gottesdienst zu halten, stand abseits und blickte den Ekligen an, der mit herausfordernder Betonung las, hie und da den Text der Gebete veränderte und mit selbst erfundenen Passagen voll von gequälten und bombastischen Formeln ausschmückte. Er gab sich die Haltung eines Helden und schien sehr stolz ob seines Mutes zu sein. Aber als urplötzlich die Putzfrau in der Kirche stand, verneigte er sich sehr förmlich vor ihr und hörte zu lesen auf.
Ich verließ die Kirche und ging zum Haus des Küsters, während meine Gedanken nur um Ruhe kreisten. Beide Zimmer und der Vorraum schienen erleuchtet. Ich hätte gern einen Blick durch das Fenster des anderen Zimmers geworfen, um zu sehen, was sich dort ereignete, und vor allem, wer die Bewohner seien, aber ich tat es nicht, aus Furcht, von der Putzfrau ertappt zu werden. Und tatsächlich war es so: als ich plötzlich meinen Kopf wandte, erkannte ich, daß sie sich eben hinter einem Strebepfeiler der Kirche versteckte. Trotzdem nahm ich mir vor, in dieser Nacht eine Erkundung zu wagen.
Bei mir war Stille, das Licht brannte, und niemand schien hier gewesen zu sein. Der Küster war nicht in seinem Vorraum, und aus dem Nachbarzimmer drang eine Frauenstimme, die gleichförmig und fließend sprach, als ob sie aus einem Buch läse. Ich strengte mein Gehör an. Seltsam! Wer mochten die Zuhörer sein? Soviel ich hören konnte, waren es Fragmente aus einem ausführlichen Werk über Ethik von einem immer aktueller werdenden Autor, der diese Disziplin für die Grundlage der sozialen Organisation hielt. Das Kapitel, aus dem eben gelesen wurde, hieß, soweit ich mich erinnern konnte, *Die Demut als Weg der inneren Disziplin.*
Der Schlaf kam rasch. Um die Mitternacht erwachte ich vom gewohnten Stöhnen, zog mich eilig an, ohne Licht zu machen, und stieg durchs Fenster hinaus, wobei ich mich be-

mühte, keinen Lärm zu machen, um unbemerkt zu bleiben. Durch den hohen Schnee – denn der Schneefall hielt an – ging ich rund um das Haus und schlich, während ich nach allen Seiten Ausschau hielt, zum Fenster, das zur Kirche hinausging. In dem Raum flackerte nur noch ein Öllämpchen in einer Ecke unter einem Wandbrett, auf dem die Gipsbüste jenes Alten mit dem riesigen Schnurrbart stand. Im Halbdunkel des Raumes aber erblickte ich ein Schauspiel, wie es mir nie wieder zu sehen gegeben war.

Nackte Frauen lagen gefesselt auf mehreren Sofas oder Betten mit dem Gesicht nach unten und andere, ebenfalls nackte Frauen peitschten sie, wobei sie ihnen mit grünen Tannenzweigen die Hinterbacken schlugen. Abseits saßen die Totengräber vom Friedhof an einem Tisch und tranken. Ich erkannte sie an ihren Kleidern, denn ihre Gesichter sah ich nicht. Sie schienen betrunken zu sein und ohne jede Beziehung zu dem, was um sie vorging. Eine der gepeitschten Frauen gab Zeichen der Erregung von sich, sie sträubte sich und stieß dabei eine Art von Lauten aus, die eher einem unterdrückten Gebrüll glichen. Die Totengräber erhoben sich schwankend und näherten sich ihrem Lager. Zwei umfaßten die Peitschende und zogen sich mit ihr in eine dunkle Ecke zurück, wo ich sie kaum mehr sehen konnte, während der dritte die Beine der Gefesselten losband und sich, ohne seine Kleider abzulegen, mit ihr paarte, wobei er ihren Kopf mit seinem Hut zudeckte. Da entstand ein Gedränge. Eine der Frauen hob ihren Busen, stützte ihn auf das Wandbrett vor der Büste und stöhnte, die andere folgte ihr langsam und machte obszöne Gesten. Aber in diesem Augenblick spürte ich eine Hand auf meiner Schulter, schrak zusammen, wandte meinen Kopf. Hinter mir stand der Küster.

Mit seiner gewohnten Unterwürfigkeit nahm er mich am Arm und zog mich zur Tür. Von der Überraschung noch wie gelähmt, ließ ich mich in mein Zimmer führen, wo ich plötzlich Müdigkeit verspürte und mich aufs Bett setzte. Der Küster nahm auf dem Stuhl gegenüber Platz – nachdem er zunächst die Öllampe in der Ecke entzündet hatte, denn man hatte auch bei mir ein solches Wandbrett mit Büste befestigt – und sagte in vertraulich-ernstem Ton: *Ich glaube, die Stunde ist gekommen, geliebter Freund, da du die Geschich-*

te deines Vaters erfahren und dich in seinem Andenken demütigen sollst.

XII

Meinen Vater hatte ich seit meiner Kindheit nicht mehr gesehen. Als Kapitän hatte er schon in jungen Jahren ein schönes Vermögen angesammelt und, nachdem er zusammen mit uns in fernen Ländern gelebt hatte, seine Familie verlassen, um in seine Heimatstadt zurückzukehren, wohin auch ich nach seinem Tode gekommen war.

Während meiner Jugend, die ich mit meiner Mutter und meinen beiden jüngeren Brüdern verbrachte, erhielten wir nur sehr selten Nachricht von ihm. Ich wußte nur, daß er seltsame Ideen hatte und sich mit meiner Mutter nicht verstand, was ihn zu seiner Abreise veranlaßt hatte. Einmal erreichten uns Gerüchte, daß er eine Reise in ein benachbartes, von Kämpfen und schrecklichen Irrlehren zerfleischtes Land unternommen hätte, wo ihn jemand als Lastträger in einem Hafen gesehen haben soll. Ein anderes Mal hörte man, daß er nach einer Razzia in dem von ihm begründeten Nachtasyl eingekerkert worden sei. Dann kamen Kriege und große Veränderungen, und wir hatten keinerlei Nachricht von ihm, bis wir erfuhren, daß er von irgendwelchen Bettlern unter nicht näher bekannten Umständen ermordet worden sei.

Da ich gleichzeitig von seiner Gestalt und seiner Legende fasziniert war und vielleicht auch tief in mir das Siegel unserer uralten Herkunft trug, war die Versuchung groß, ihm zu folgen, aber solange er gelebt hatte, war es keinem von uns erlaubt, ihn zu besuchen. Nach seinem Tod jedoch konnte mich nichts mehr halten – und so kehrte ich in die Heimat zurück, richtete dort ein Atelier ein und begann zu arbeiten, wobei mir mein Anteil seines uns hinterlassenen Vermögens zugute kam.

Meine Erzählung glich aber nur stellenweise jener des Küsters, obgleich sie viel genauer und doch auch viel dunkler war. Er sprach von der Demut meines Vaters, dessen Schüler zu sein er sich brüstete, von seiner Rolle vor allem in den ersten Jahren, da seine Tätigkeit im Asyl von großer Bedeutung gewesen sei. Mit Worten, die eigens dafür geprägt schie-

nen, berichtete er von an sich unwesentlichen Ereignissen, deren Held mein Vater gewesen sei, die ihm jedoch von größter Bedeutung schienen. Er erwähnte mehrfach die Liga und ihre große Popularität unter den Bürgern der Stadt, und daß mein Vater einer ihrer Gründer gewesen sei; dann sprach er mir vom letzten Abschnitt seines Lebens, was sich dem Geist der *Liga* entfremdet und sich des Stolzes, des Hochmuts und des Dünkels schuldig gemacht habe, die schließlich sein von allen beklagtes Ende herbeigeführt hätten. Sogar die Frau, mit der er gelebt habe und die selbst ein prominentes Mitglied der *Liga* gewesen sei, hätte sich von ihm lossagen und seine exemplarische Bestrafung verlangen müssen. Aber die früheren Verdienste seiner Tätigkeit seien für immer in die Geschichte eingegangen – und ich sei dazu berufen, ihm ein würdiger Nachfolger zu werden.
Nachdem ich ihm zugehört hatte, verlangte ich Auskünfte über meines Vaters Tod und teilte ihm mit, was ich wußte. Er leugnete nicht, aber er antwortete mir in nichtssagenden Floskeln und fügte hinzu, daß ich von den hierfür Zuständigen noch weitere Auskünfte erhalten werde. Bis dahin aber, so riet er mir, sollte ich mein Betragen überdenken und darauf verzichten, so zu sein, wie ich war, ich sollte die Makel einer unglücklichen Erziehung ablegen und Strebsamkeit und Demut an den Tag legen, um das Vertrauen der Oberen zu erlangen, deren Blick ständig voll Barmherzigkeit auf mir ruhe; dafür spreche schon die mir zugeteilte Wohnung direkt neben bedeutenden Persönlichkeiten aus den Kreisen der Liga, obzwar ich mich bisher nicht so verhalten hätte, wie es meine Pflicht gewesen wäre und so fort ... Er war von neuem in seinen unterwürfigen und liebedienerischen Ton verfallen, mit widerwärtigen Bücklingen und Formeln asiatischer Schmeichelei, zwischen die er geschickt rätselhafte Drohungen streute, indem er das Schicksal meines Vaters erwähnte und mir vorwarf, ich würde jede Spur von innerer Disziplin vermissen lassen, der Hierarchie Trotz bieten – hier erinnerte er mich daran, daß er selbst sehr betrübt gewesen sei, mich am Fenster der *Herrschaften* zu ertappen –, ja ich würde mich den getroffenen Maßnahmen widersetzen, statt selbst zu ihrer Verwirklichung beizutragen.
Er deutete mir an, daß alle meine Taten bekannt wären und

zitierte als Beweis Teile jenes Gesprächs, das ich mit den beiden Juden geführt hatte. Dann verließ er mich, leise die Tür schließend, und ich ging von neuem zu Bett, löschte die Lampe und erschauerte nachträglich unter dem Eindruck des Geschehenen. Im Zimmer lag ein schwerer Geruch, der mich betäubte und mich in trübe undeutliche Schlaftrunkenheit versenkte. Während ich noch mit dem Schlaf kämpfte, sah ich einen Schatten über die Wände gleiten, das Fenster ging auf, er sprang zum Friedhof hinaus, und das Fenster schloß sich wieder hinter ihm. Es war klar, daß sich während der ganzen Unterredung mit dem Küster jemand im Zimmer verborgen gehalten hatte.

XIII

Nachdem ich am Morgen spät erwacht war, ging ich zum Atelier. An der Kirche blieb ich stehen und erkannte beim Blick durch die Tür, daß der Tote nicht mehr da war, während der Eklige immer noch seine Gebete las und dabei von seinen Jüngern umgeben war, unter denen ich das pausbäckige und blasse Gesicht des Zwitters erkannte. Ich freute mich beim Gedanken, nun in Ruhe so lange arbeiten zu können, bis sie wieder auftauchen würden. Und so kam es auch. Ich wollte das Grabmal, das man bei mir bestellt hatte, zu Ende bringen, weil ich fühlte, daß das Atelier trotz seiner Promiskuität nicht mehr lange bestehen würde. Die Unsicherheit war mein alltäglicher Zustand; ich begann zu lernen, mich dem Zufall zu überlassen und auf nichts mehr Wert zu legen. Schließlich war das Schicksal der Stadt, in der ich zur Welt gekommen war, auch das meine. Ich war weder besser noch schlechter als all die Unglücklichen um mich herum – und vielleicht verlor ich nur eine Handvoll naiver Illusionen. Woran mag mein Vater so inbrünstig geglaubt haben, daß er nicht zögerte, seine Familie, seine Ruhe und sein Leben zu opfern? Sicher an etwas ganz anderes, da sie ihn doch getötet haben. Ich hatte zwar keinen Beweis dafür, aber nach allen meinen Erfahrungen und nach der Luft zu urteilen, die ich in dem bedrückenden, sich um mich schließenden Kreis atmete, mußte ich davon überzeugt sein, daß sein Tod mit den jüngsten Ereignissen im Leben der Stadt in Zusammenhang stand. Verborgenes, unterirdisches, unsichtbares Blut...

In solcher seelischen Verfassung fand mich am Nachmittag ein unbekannter Bote, der mir endlich eine neue Einladung zur *Liga der Bettler* brachte. Es war nicht mehr der rosafarbene, vulgär parfümierte Umschlag und nicht mehr die linkische Schrift von früher, sondern einfach ein gefaltetes Blatt schlechten Papiers, das den Titel *Rundschreiben* trug und von der geübten Hand eines Beamten kalligraphiert war. Sogar die Begriffe, in denen es redigiert war, unterschieden sich: *Hiermit teilen wir Ihnen mit, daß Sie an unserem Sitz erwartet werden* . . . und so fort. Sollte dies eine Folge meiner Unterredung mit dem Küster sein? Ich war jedenfalls zu diesem Besuch entschlossen. Und obwohl ich mich erst am Abend dort einfinden sollte und mir daher noch mehrere Stunden zur Verfügung standen, befiel mich Ungeduld. Ich konnte nicht mehr arbeiten, verließ das Atelier und ging nach Hause. Obwohl ich keinen Grund dazu hatte, fühlte ich mich irgendwie ruhiger, und mein Kopf war kühl genug, eine Gegenüberstellung von der Art, wie sie mich erwartete, zu ertragen.

Vor der Kirche lief mir eine weinende Frau über den Weg, die mich fragte, ob ich nicht vielleicht gesehen hätte, wo ihr Mann begraben worden sei, den man am Abend zuvor hierhergebracht habe und der am nächsten Nachmittag bestattet werden sollte, jetzt aber verschwunden sei. Es scheine, andere hätten ihn begraben, aber niemand wisse wo. Ich betrat mit ihr den düsteren Innenraum der Schwarzen Kirche und suchte den Ekligen, der aber nicht mehr hier war. Zwei Bettler schliefen zusammengekauert unweit des Altars, und als ich sie weckte und sie nach dem Schicksal des Toten fragte, antworteten sie, daß sie von nichts wüßten und nur gekommen seien, mich zum Sitz der *Liga* zu bringen. Während ich mit ihnen sprach, war die Frau verschwunden. Vielleicht hatte sie es mit der Angst zu tun bekommen, denn als sie sah, daß ich mich an die Bettler wandte, war sie erschrocken und schien aus irgendeinem Grund beunruhigt. Ich vermutete, daß sie in ihrer Verzweiflung über den Verlust des Toten die beiden Bettler noch gar nicht bemerkt hatte.

Dieser Zwischenfall versetzte mich in Unruhe, und ich weiß

nicht, warum ich mich von neuem an den Tod meines Vaters erinnerte. Während ich den Bettlern den Rücken kehrte, sagte ich ihnen, daß ich erst in einer Stunde bereit wäre, was sie mit vollkommener Gleichgültigkeit aufnahmen. Sie zeigten einen leichten Ausdruck von Verblödung, waren kräftig gebaut, schmutzig und noch abgerissener als alle, denen ich bisher begegnet war. Mit Freuden hätte ich sie verjagt, wenn ich mich nicht erinnert hätte, daß ich den Sitz, zu dem man mich geladen hatte, nicht kannte und daher auf ihre Dienste angewiesen war.

Ich betrat mein Zimmer, trank ein Glas Schnaps und streckte mich auf dem Bett aus. Als ich mich erhob, um mich zur *Liga* zu begeben, erschien der Küster, stürzte auf mich zu, küßte mir die Hand, nahm eine Mundharmonika aus der Tasche und begann zu spielen; er unterhielt mich mit einer Melodie, die an die Drehorgeln meiner Kindheit erinnerte. Die Bettler erwarteten mich mit ihren Mützen in der Hand, und flankiert von ihnen brach ich mit dem Gefühl eines Häftlings auf, der, ergeben in sein Schicksal, immer tiefer im Elend der Gefangenschaft versinkt.

XIV

Meine Begleiter schienen nicht sehr mitteilsam und auch meine Stimmung eignete sich nicht sehr für Konversation. So schritten wir schweigsam einher, bis wir uns vor einem der wichtigsten Paläste der Stadt befanden, wo zuvor die Nationalbibliothek untergebracht war. Über der massiven Eichentür mit alten Beschlägen stand auf einem metallenen Schild: *Nachtasyl*. Die Bettler klopften kräftig mit ihren Knotenstöcken und übergaben mich, bevor sie sich zurückzogen, einem Majordomus, der uns öffnete. In tadellosem Aufzug, aber sichtlich gehemmt und steif in seiner Haltung, führte mich der Majordomus über eine mit alten und teuren Teppichen belegte Treppe aus Alabaster, die von Lüstern aus Bronze, Kristall und Fayence erleuchtet war. Dann durchquerten wir einen Salon, dessen Wände kirschrot tapeziert und mit prächtigen Spiegeln und Gemälden erotischer Szenen geschmückt waren. Im Hintergrund stand auf einem Sockel die gleiche, aber in Gold gegossene Büste zwischen großen Öllampen und silbernen Leuchtern, auf denen weiße Kerzen brannten. Ich blieb stehen, sie einen Augenblick zu betrachten. Sie schien sehr oberflächlich gearbeitet, von der Hand eines Bildhauers, dem jede Begabung fehlte, und sie stand in scharfem Gegensatz zu den schönen Dingen ringsherum.

Während ich noch die Büste betrachtete, erschienen in einer Tür des Salons die drei Kerle, die jene roten Schränke in mein Zimmer gebracht hatten, wie immer in festlicher Kleidung, mit hohen und glänzenden Hüten, mit weißen Handschuhen – aber barfüßig. Übrigens herrschte, trotz der Kälte im Freien, im ganzen Gebäude eine unerträgliche Hitze. Die drei grüßten mich gehorsam und machten sich schweigend an eine minutiöse Leibesvisitation, dann küßte mir einer, der ohne jeden Zweifel der alte General war, die Hand, flüsterte dem Majordomus etwas ins Ohr und öffnete uns jene Tür, durch die sie gekommen waren. Vor uns lag ein langer Gang mit Türen nach beiden Seiten. Da und dort standen Bettler in geflickten, aber neuen Kleidern von guter Qualität und in Kanonenstiefeln aus Lackleder. Ich gab ihnen je einen Groschen, den sie ohne zu danken entgegennahmen – ja sie blickten mir sogar unverschämt ins Gesicht, als ob sie von mir Dank zu erwarten hätten. Endlich erreichten wir eine schwarzlackierte metallene Tür, die sich im selben Augenblick öffnete.

Der Majordomus verschwand hinter meinem Rücken, und ich betrat allein das nicht allzu große Zimmer, wo mich ein streng wirkender Mann empfing, der sich verneigte und mich auf einem Sessel vor dem Tisch, an dem er Platz nahm, niedersetzen hieß. Wohlgenährt, ohne fettleibig zu sein, mit rotem Gesicht, von nicht zu hoher Gestalt, schien er älter als fünfzig Jahre. Er trug Hosen und ein Hemd aus einem Stoff, der Sackleinwand imitierte, aber man sah, daß es teures, importiertes Tuch sein mußte. An den Ellbogen und an den Knien war sein Anzug mit Flicken von schwarzem Leder ausgebessert, um die Mitte trug er einen Strick aus Raffiabast, und aus dem gleichen Material waren seine Schuhe geflochten. Auch das Zimmer wirkte irgendwie streng, obwohl die Gegenstände darin in Wahrheit alle etwas anderes waren, als sie zu sein vorgaben: Der Tisch, die bei-

den Sessel und die Schränke waren einfach, aber aus wertvollem Holz, der Teppich hatte die Farbe von Säcken, war aber aus Seide, einige Bücher, die sorgfältig auf den Tisch gestellt waren, hatten wertvolle Einbände und vergoldete Rücken.
Der Gestrenge stemmte sich gegen die Lehne seines Stuhls, betrachtete mich mit herablassendem Wohlwollen, fast etwas vertraulich, und begann mir von der Zukunft zu sprechen, freilich mit dem Ton dessen, der die Gegenwart für sich selbst bereithält, und mit einem deutlichen Vergnügen, sich sprechen zu hören. Seine Ausdrucksweise und sein Wortschatz ähnelten jenen des Küsters, aber seine Stimme verriet Sicherheit und Macht. Nur schwer konnte ich ihm folgen, denn er spielte auf Dinge an, die mir entweder unbekannt waren oder so bedeutungslos schienen, daß ich nicht einsah, warum er ihnen solches Gewicht beimaß. Ich ahnte nur, daß sie im Begriff waren, tiefgreifende Veränderungen vorzunehmen, und ich hatte sogar den Eindruck, daß sie schon am Werke wären. Und mir schien, als würde auch mir ein Platz dabei zukommen. Ich fühlte, daß andere bestimmen würden und so blieb mir nichts anderes übrig, als ihrem Beschluß Folge zu leisten und mich dem Ansturm der Ereignisse auszuliefern.
Plötzlich schlug er auf einen Gong, und nach einiger Zeit erschien ein alter Lakai in einer glänzenden, betreßten Livree, gepflegt und pomadisiert, in der Hand ein Tablett, auf dem zwei Gläser mit einem orientalischen Getränk standen. Er stellte die Gläser vor uns auf den Tisch, und der Gestrenge warf ihm zwanglos eine große Silbermünze aufs Tablett. Der Lakai verneigte sich gemessen und elegant, sprach eine unterwürfige Dankesformel und verließ den Raum. Ich hatte ihn wegen seines Gesichtes fasziniert betrachtet, obwohl er seine Pflicht verrichtete, als wollte er sich gar nicht erst bemühen, mich zur Kenntnis zu nehmen. Ich begriff nicht, was er dort zu suchen hatte – denn der Lakai war der alte Professor; ein tadelloser Lakai, wie ihn sich jedermann gewünscht hätte.
Bei seinem Anblick verspürte ich plötzlich ein starkes Bedürfnis, die Dinge zu begreifen, und die Worte des Gestrengen dünkten mich verständlicher. Ich begann ihm zu antworten

und ihm von Zeit zu Zeit beizupflichten. Nach seinen ersten Ergüssen wandte er sich einem konkreteren Stoff zu: mein Vater, die Tradition, meine Tätigkeit, die eine bedeutende Hilfe sein sollte – und er machte mich darauf aufmerksam, daß mir eine schöne Aufgabe zugefallen sei, nämlich die Neugestaltung des Friedhofes bei der Schwarzen Kirche zu leiten. Man werde mich in den nächsten Tagen näher informieren und mir die Perspektive der Arbeiten vor Augen führen und erklären, wie die zukünftige Verteilung der Toten zu konzipieren sei. Ich dachte zunächst, es sei von einer Reihe von Grabsteinen die Rede, die zu schaffen ich berufen war, aber er gab mir zu verstehen, daß meine Rolle diesen Rahmen weit überschreite: Es gehe vor allem um eine neue Konzeption der Bestattung, während die Grabsteine in Wahrheit nur unbedeutende Elemente seien.
Nachdem er einige Fragen ausgesprochen intimer Natur an mich gerichtet hatte, auf die ich beschämt und ausweichend antwortete, bedeutete mir der Gestrenge, daß unsere Zusammenkunft zu Ende sei. Ich erhob mich, die Tür öffnete sich, wieder erschien der Majordomus und geleitete mich durch einen engen Gang zu einem Ausgang, der auf der Rückseite des Gebäudes auf eine andere Straße führte.

XV

Durch die Finsternis hatte sich blauer Frost herabgesenkt, vage Formen zitterten in der Luft, die Vögel waren gestorben, der Wind glitt eben noch über den Schnee, in dem Spuren von Schuhen, Schlitten und Hufeisen eingefroren waren, ein von orientalischen Drogen vergifteter Komödiant umarmte zitternd und ekstatisch die Laterne an der Ecke, der Mond trug seine gewohnte Maske, und die Sterne glitzerten wie die Augen gieriger Huren. Auf dem Heimweg wurde mir bewußt, daß ich nach diesem Abenteuer einer von ihnen geworden war. Einer, dem die unsichtbaren Säulen noch fremd waren, auf die sich das Leben der Stadt zunehmend stützte, ein noch nicht Eingeweihter, noch nicht Kompromittierter, noch nicht Wissender – aber jedenfalls einer von ihnen.
Ich erfaßte nicht, welche Beschäftigung man mir zugedacht hatte, und obwohl ich mein Gedächtnis bemühte, mußte ich

feststellen, daß mir von meiner Unterredung mit dem Gestrengen nichts in Erinnerung war. Nur eine Art Aufguß von Falschheit. Ein falsches Vertrauen, eine falsche Standhaftigkeit, eine falsche Hoffnung, eine falsche Überzeugung. Ich selbst war zu einem gewissen Grad falsch geworden. Aber nicht damals sah ich dies ein, sondern erst viel später, nach zahllosen Verwandlungen, die ich nicht einmal ahnte.

Im Vorraum erwartete mich sichtlich gespannt der Küster. Es war wohl mein Aussehen, das ihn wieder beruhigte. Ohne erst zu fragen, betrat er mein Zimmer. Er schien einen Bericht von meinem Antrittsbesuch bei der *Liga* zu erwarten. Leider hatte ich fast nichts zu erzählen, und so überraschte ich mich dabei, wie ich die sinnlose Rede des Gestrengen wiedergab; er aber verstand zu meiner Verwunderung alles und stimmte voll Begeisterung zu. Das wenige, das ich ihm mitteilte, war nicht ganz so sinnlos, wie ich geglaubt hatte. Nur die Idee mißfiel ihm [obwohl er es sich nicht anmerken ließ], daß ich mich mit der neuen Struktur des Friedhofs befassen würde. Als er dies vernahm, machte er seine obligaten Verbeugungen und ging. Nach kurzer Zeit hörte ich ihn irgendwo draußen oder im Zimmer nebenan auf seiner Mundharmonika spielen – und als ich vor dem Schlafengehen ein wenig Luft schnappen wollte, sprach der Küster sehr erregt und heimlichtuend mit den drei Totengräbern neben der Kirchentür. Ich wich ihnen in großem Bogen aus und glaubte, nicht gesehen worden zu sein. Hingegen überraschte mich die Putzfrau, die plötzlich in ihrer Männerkleidung aufgetaucht war, umwickelt mit zahllosen Schals und Lumpen, um sich vor dem scharfen Nachtfrost zu schützen. Mit einigem Unwillen nahm ich wahr, daß sie vorgab, meinen Gruß nicht zu bemerken.

Mir kam der Gedanke, daß ein anderer Toter in der Kirche liegen müsse. Im dicken Glas der Kirchenfenster zuckte von Zeit zu Zeit kaum merklich das Licht einer blassen Fackel. Als ich sah, wie sich die vier von der Kirchentür entfernten, trat ich ein. Da stand tatsächlich ein Katafalk: Der Tote war aschfahl im Flackern der Kerzen und schlief mit gefalteten Händen. Als ich ihn aus der Nähe betrachtete, zögerte ich einen Augenblick, bevor ich mit der Hand leicht sein Gesicht berührte. Es war eine perfekte Moulage aus einem unbekannten Material. Eine vollkommen echt wirkende Puppe lag im Sarg, bedeckt von künstlichen Blumen und den üblichen Inschriften auf schwarzen und roten Bändern. Jenseits des Katafalks schliefen, in ihren Lumpen zusammengekauert, zwei Bettler, die jenen beiden glichen, die mich zum Sitz der *Liga* gebracht hatten; ich war überzeugt, daß sie mich nicht entdeckt hatten und verließ die Kirche auf Zehenspitzen. Im benachbarten Zimmer, das im Dunkeln lag, hörte man den Küster fürchterlich brüllen, als ob er gefoltert würde. Als er am nächsten Tag kam, mich zu wecken, lächelte und dienerte er wie immer; irgend etwas aber hatte sich an seiner Haltung verändert.

XVI

Ich begann meine Tätigkeit im Friedhof unter den Auspizien der herannahenden Feiertage. Ich hatte sehr viel zu tun, und die ständig wechselnden Befehle zwangen mich, alle Aktionen zu überwachen und meine Zeit mit den verschiedenen widersprüchlichen Arbeitsvorgängen zu vergeuden.
Meine Tätigkeit am Tage stand im Widerspruch zur nächtlichen Arbeit der Totengräber. Ich beschäftigte mich mit den Begräbnissen – es gab fast keinen Tag ohne einen Toten – und arbeitete mit einer bunten Schar von Arbeitern, Aufsehern, Gaunern jeglichen Alters, vor allem aber mit Jugendlichen; einige widersetzten sich und machten mir Schwierigkeiten, andere kamen ständig mit Beschwerden, verschiedenen Vorschlägen, Anregungen, Neuerungen und beharrlichen Forderungen. Die beiden Bettler gaben mir Hinweise, übermittelten mir Richtlinien und Beurteilungen und manchmal kamen sie ganz einfach nur, um mich zu überwachen, wobei sie sich bald offen zeigten, bald ohne große Sorgfalt hinter den Grabsteinen versteckten.
Die Totengräber arbeiteten nachts und fast ausschließlich mit Intellektuellen. Einen Teil ihrer Gruben konnte ich verwenden, andere wurden zugeschüttet und blieben reserviert. Der Küster schien sich um meine Tätigkeit nicht zu kümmern und wachte vermutlich des Nachts über die Exhumierungen, wie ich ihn vordem beobachtet hatte. Die Putzfrau ging des Abends öfters allein durch den Friedhof, und trotz

der Gleichgültigkeit, die sie mir, gepaart natürlich mit ihrer üblichen Unterwürfigkeit, entgegenbrachte, hatte ich das Gefühl, daß sie stets wachsamen Auges mein Tun verfolgte. Übrigens sah ich sie immer seltener, und ich hegte die Vermutung, sie sei ausgezogen. Jetzt wurde mein Zimmer immer öfter von einer Tänzerin gefegt, mit der ich eine Zeitlang unmittelbar nach meiner Ankunft in der Stadt gelebt hatte, bevor wir uns trennten, um in neutralen Beziehungen zu verbleiben. Ihr Erscheinen zu höchst unpassenden Stunden berührte mich peinlich, obwohl sie sich gleichgültig verhielt und mir keinerlei Aufmerksamkeit zuteil werden ließ, während sie wortlos ihren Pflichten nachging. Sie hatte das gleiche jämmerliche Aussehen wie die Putzfrau, was sie mit stummer Frechheit zur Schau trug. Soweit es in meiner Macht stand, versuchte ich, ihr aus dem Wege zu gehen, was mir nicht immer gelang, denn sie fegte zu willkürlichen Zeiten und meist, wenn ich zu Hause war.

Seit einiger Zeit hatten sich die Schwierigkeiten gehäuft. Die Toten wurden zu zweit in einem Grab bestattet, das nur vorläufig zugedeckt und am nächsten Tag von neuem geöffnet wurde. Als Grabsteine dienten nur noch einfache hölzerne oder steinerne Säulen, die man paarweise am Kopfende einrammte. Die Klageweiber waren überfordert und konnten ihre Arbeit nicht mehr bewältigen, es mangelte an Särgen und ebenso an Papierblumen. Von morgens bis abends kämpfte ich mit Widrigkeiten, mit Verwirrung und mit dem großen Andrang – es gelang mir nur selten, Muße für einen Spaziergang am schneebedeckten Strand zu finden. Mit großer Freude sah ich den Feiertagen entgegen, die endlich vor der Tür standen.

An den beiden Tagen wurde nicht gearbeitet, sie waren zu Ruhetagen erklärt worden, niemand starb, und die Leute vergnügten sich nach ihrem Willen. Die Straßen waren belebter, an den Kreuzungen verteilten Bettler aus Körben und riesigen Amphoren Brotstücke und Kannen mit saurem, gewässertem Wein, und unter den Kolonnaden des Hafens gaben die Gaukler ein Schauspiel zum Ergötzen der Bürger, die sich, ob groß, ob klein, versammelt hatten. Die Schenken und Gasthöfe waren voll; der Rauch von gegrilltem Schaffleisch qualmte heraus, wenn sich die Türen öffneten, um

jemanden hinein- oder herauszulassen. Auf den Gesichtern spiegelte sich eine Freude, die keinen Weg zum Herzen fand, sondern gleichsam festgefroren auf den Gesichtern verharrte.
Ich mischte mich unter die Leute und begegnete meiner ehemaligen Wirtin, die mit einer Gruppe von Frauen spazieren ging. Auf meinen Gruß blieb sie mit ihren Gefährtinnen stehen, unter denen ich trotz ihres veränderten Aussehens die Putzfrau erkannte. Sie war zwar adrett gekleidet, doch ihr Aufzug hatte immer noch etwas Männliches – vor allem ihre neue große Lammfellmütze, die ihr im Nacken saß. Die Frauen ringsum schienen ihr Gefolge zu sein. Zum Unterschied von ihrer gewohnten Art sprach sie mich nun ohne Umschweife und sehr herzlich an, küßte mir die Hand und versicherte mich, daß meine Tätigkeit trotz meiner früheren Irrtümer sehr geschätzt werde, weshalb ich auch für eine Auszeichnung vorgesehen sei – dann nahm sie mich am Arm, um mich in einen Torweg zu ziehen, wo sie mich mit obszönen Liebkosungen überhäufte und mir zuflüsterte, daß sie mich am Abend bei einer der Unterhaltungen der *Liga* erwarte, die in meiner ehemaligen Wohnung veranstaltet werden sollte.
Auch das Gefolge war in den Torweg getreten und hatte einen engen Kreis um uns gebildet, als wollte es uns vor den Blicken der anderen schützen. Und es war in der Tat von Nutzen, denn in eben diesem Augenblick schoß jaulend und sein Kreuz pressend der Zwitter aus einer Tür hervor; ihm folgten gleichgültig und befriedigt die zwei kräftigen Bettler.
Angeekelt von diesem Ereignis trennte ich mich von der Gruppe der Frauen und machte mich durch eine Seitengasse auf den Weg zum Hafen, wo ich an dem von grünlichem Eis blockierten Kai entlangspazierte. Ich stand noch unter dem Eindruck der jüngsten Begegnung und überlegte, ob ich der Einladung Folge leisten sollte oder nicht. Einen Augenblick lang durchzuckte mich der Gedanke, dem Küster das Geschehene zu berichten und ihn um Rat zu fragen – aber seit ich mit der Arbeit am Friedhof begonnen hatte, wich er mir systematisch aus und würdigte mich mit Ausnahme seines unterwürfigen Geschwätzes keiner Aufmerksamkeit. Letzten Endes triumphierte die Verlockung davonzulaufen. Und daraus entstand manch ungeahntes Mißgeschick für mich.

XVII

Nach langer Zeit kehrte ich des Abends wie ein Fremder in das Haus zurück, in dem ich selbst gewohnt hatte. Ich fand es voll von Leuten, tosend vom Lärm der Unterhaltung; die Stimmen, das Gläsergeklirr, die Musik vermengten sich miteinander im Licht der Fackeln und wogten unter den rauchgeschwärzten hölzernen Balken der hohen Decke. Der große Raum im Parterre war mit bunten Papiergirlanden geschmückt, die sichtlich aus dem in letzter Zeit verarmten Lagerraum des Friedhofs gebracht und überall verstreut worden waren. Es war eine solche Verschwendung von Papierblumen, daß ich überlegte, wie viele Dutzend Tote ich wie orientalische Prinzen geschmückt über den Styx hätte geleiten können, wenn ich das alles zur Hand gehabt hätte. In drückender Hitze machte ich mich auf die Suche nach jener, die mich eingeladen hatte.

Beim Eintreten hatte mir der Staatsanwalt geöffnet, der völlig unvorbereitet zum Portier gemacht worden und dadurch auch über alle Maßen verblödet war, so daß er auf meine Frage, ob die Putzfrau gekommen und meine ehemalige Wirtin im Salon sei, nur mit undeutlichem Stammeln antwortete und sich zwischen abgelegter Garderobe versteckte. Es gelang mir nicht, auch nur eine der beiden zu finden, hingegen entdeckte ich unter den Gästen das pausbäckige Gesicht des Zwitters. Er unterhielt sich mit dem Küster, belauert vom alten General, der ohne seine gewohnten Begleiter und ohne seine schmierige und geflickte militärische Kleidung, mit der ich ihn zum ersten Mal im Spital gesehen hatte, gleichfalls anwesend war. Nur der metallene Helm, den er abnahm und mir wie einen Bettlerhut entgegenstreckte, war neu, und der Groschen, den ich nach einigem Zögern hineinwarf, klirrte melodisch. Ich ließ ihn hinter dem Zwitter stehen und schob mich weiter vor, wobei ich die Unbekannten grüßte, zwischen denen ich mir Platz verschaffen mußte; vergeblich schweiften meine suchenden Blicke durch den Raum.

Ich hatte Durst, aber kein Lakai war zu sehen. In einer Ecke entdeckte ich ein Faß, vor dem die Festgäste Schlange standen, um ihre Gläser zu füllen, was auch ich tat, indem ich ein Glas von einem bereitgestellten Tablett nahm. Da er-

schien auch der ehemalige Staatsanwalt mit wirrem Haar und stürzte sich auf das hölzerne Gefäß, aber sogleich packte ihn ein Bettler am Kragen und warf ihn hinaus.
Ich begann mein Kommen zu bedauern, als sich die Türen im Hintergrund zum anderen ebenso großen Zimmer öffneten, in das nun alles zu strömen begann. Dort empfing uns der Gestrenge, indem er sich vor aller Welt verneigte und demütigte, und, nachdem er ein kleines Buch aus der Tasche gezogen hatte, las er daraus eine Zeitlang einen unklaren Text voller Anspielungen auf die Größten der *Liga* und auf ihr heiliges Mysterium vor. Der Portier tauchte von neuem auf, ging auf Zehenspitzen umher und nickte beifällig mit dem Kopf, und wieder war es nötig, ihn diskret hinauszuschaffen. Nur die Putzfrau war nirgendwo zu erblicken. Und ebensowenig meine ehemalige Wirtin.
Das Haus hatte sich übrigens so sehr verändert, daß es kaum wiederzuerkennen war. Es schien eine Institution, vielleicht eine Schule zu beherbergen. Nur mit Mühe gelang es mir, das zweite Zimmer zu verlassen, in dem sich nun alles versammelt hatte, und im vorderen Raum erblickte ich die Wirtin, die eben die Treppe zu den Zimmern im Oberstock hinaufstieg. Sie war im gleichen Aufzug wie damals, als sie mir nach meiner Rückkehr aus dem Spital durch das geöffnete Fensterchen über dem Eingang gesagt hatte, daß ich nicht mehr bei ihr wohne. Durch ihr kurzes durchsichtiges Hemd sah ich erneut ihre nackten, kräftigen, sich wiegenden Hinterbacken. Gelangweilt und verwirrt von dieser Gesellschaft, in der ich keine Ruhe fand, folgte ich ihr auf der Treppe und erreichte sie eben in dem Augenblick, als sie in mein ehemaliges Zimmer treten wollte.
Drinnen herrschte Halbdunkel, nur eine Kerze flackerte auf einem Leuchter neben dem Wandbrett mit der vermeidlichen Büste. Schattenhafte Formen nährten meinen Verdacht, daß sich Gestalten in den Winkeln verbargen, die hohen Möbel schienen die Wände zu begrenzen, und auf der rechten Seite glitzerte kaum merklich ein Bett mit metallischen Seitenflächen. Der große Kronleuchter an der Decke glich einer blinden Spinne. Die düsteren Draperien der Dunkelheit verhüllten die Hälfte des Zimmers, dessen Fenster von schweren Läden bedeckt waren.

Überrascht von meiner Kühnheit, blieb die Hausfrau unbeweglich stehen, ohne sich nach mir umzuwenden. Ich schloß die Tür, betrachtete prüfend die in den Winkeln erstarrten Formen, die nur hohe, leblose Dinge oder auch täuschende Abgüsse aus Gips zu sein schienen, wie man sie in meinem Atelier sehen konnte, wenn es dunkel wurde und die Konturen der Dinge ringsherum im Schatten zerflossen, um den Raum mit unwirklichen Seelen zu beleben. Waren wir allein? Ich hob den Saum ihres Hemdes, ließ meine Hand über ihre kühlen Hinterbacken gleiten und zeichnete ihre Form bis zum Ansatz der Beine nach. Sie erschauerte und stützte sich auf den Rand des Bettes.

Alles weitere erfolgte schweigend, wir verließen nicht den Platz, an dem wir regungslos verharrten, und spielten das stumme Spiel der Tiere, die sich in roten Jahreszeiten verketten ... ins Gedächtnis gerufene Zeiten ohne Erinnerung, verkrampfte Sinne, Furcht vor dem Schauer der Urgefilde, wo die Materie zum ersten Mal Blut wurde und aus dem Dunkel der Schatten die Zahl *Paar* Wirklichkeit wurde ... Liebe ohne Nachricht, ohne Gedanken, ohne Augen, Ekstase des entfesselten Protoplasmas.

Auf dem Höhepunkt lösten sich drei Gestalten aus den von Spinnweben überzogenen Ecken, und meine entflammten Blicke begegneten drei Männern, die langsam auf uns zukamen. Ich hatte kaum Zeit, mich aufzurichten, als sie mit leisen Schritten schon an uns vorüber hinausgingen und die Tür schlossen. Es waren die Totengräber. Sie schienen ebenso ruhig und gleichgültig wie in jener Nacht, als ich sie bei den Ausschweifungen im Haus des Küsters beobachtet hatte. Zu ihnen also war die Wirtin hinaufgestiegen – und trotzdem hatte ihr Verhalten nicht einen Augenblick den Eindruck hinterlassen, als erwarte sie jemand im Zimmer. Oder hatten sich die drei dort ohne ihr Wissen eingeschlichen, um uns zu überraschen?

Allerlei seltsame Gestalten belauerten mich, aber in mir machte sich, ohne daß es mir bewußt war, nur eine einzige Unruhe breit: Ich fürchtete, die Putzfrau würde etwas davon erfahren. Ich war niedergeschlagen, ermattet und gequält von einem Gefühl der völligen Sinnlosigkeit und Leere. Ich versuchte zu fliehen, ohne ein Wort an die Frau zu richten,

die sich inzwischen ganz aufs Bett geworfen hatte, aber die Tür war verschlossen, obwohl ich beim Weggehen der Totengräber nicht das Geräusch eines Schlüssels gehört hatte, der sich im Schloß dreht.
Ich dachte zunächst daran, durchs Fenster hinauszusteigen, aber dann fiel mir ein, daß sich das Zimmer im ersten Stock befand. Ich öffnete das Fenster zur Straße, wo sich schwankende Betrunkene rund um die gefrorenen Laternen geschart hatten und geisterhaft tonlos gestikulierten. Zwei kräftige Bettler patrouillierten vor dem Haus und blieben von Zeit zu Zeit stehen, um auf das schwarze, schneebedeckte Gitter zu urinieren oder die wenigen Passanten zu nötigen, einen Groschen in ihre großen und struppigen Pelzmützen zu werfen. Stille, ferner Frost, in die Schwärze des Himmelsgewölbes gravierte Sterne, tote Schneewächten. Ein Hauch von Nichtsein wehte mich an ... vielleicht war ich selbst gestorben und betrachtete nun aus dem Grab ein eiszeitliches Panorama abwesenden Winters. Auf der Straße tauchten Kerle mit riesigen Registern auf, setzten sich auf den gemauerten Sockel des Gitters und zwangen die Passanten, etwas in ihre Register zu schreiben. Einige wurden von Kopf bis Fuß durchsucht. Anderen wurde etwas, das wie ein Taschenbuch aussah, ausgehändigt. Eine Frau, die zu entkommen suchte und rasch zum anderen Gehsteig hinüberlief, wurde gefaßt, zu den Registern gebracht und gezwungen, sie Seite für Seite zu küssen.
Ich hatte resigniert, und ich freute mich sogar, daß mich die verschlossene Tür daran hinderte zu fliehen ... wohin sollte ich fliehen, woraus sollte ich fliehen, wohin sollte ich gehen ... wer erwartete mich, welchen Sinn hatte es, ziellos aufzubrechen, Wanderung im Leeren, Wanderung in der Wanderung. Mir war kalt geworden, als ich am Fenster stand. Ich schloß es fröstelnd und blies in die Flamme, die noch im Erlöschen die Büste mit blutigem Gold überzog, dann schritt ich zum Bett und ließ mich neben die Frau fallen, die inzwischen fest eingeschlafen schien. Während mich sehr spät der Schlaf umfing, hörte ich vom Parterre das Echo eines einstimmigen Chors, als hätte die ganze Versammlung eine religiöse Hymne angestimmt.

XVIII

Am Morgen allein mit zwei großen gelben Katzen, die im Bett neben mir schnurrten. Die Wirtin war gegangen. Die Tür des Zimmers stand weit offen zum Stiegenabsatz hin. Das Haus schien leer. Im großen Raum unten lagen Lumpen, eine zerknitterte alte Decke und der Helm des alten Generals zwischen den zusammengeschobenen Möbeln und den zerrissenen Girlanden. Neben dem Ofen schlief der Zwitter mit einem Ausdruck des Schreckens auf seinem jugendlich pausbäckigen Gesicht.

Ich verließ das Haus, verstört von dem Fest, das auch noch diesen Tag andauerte, und wußte nicht wohin. Ich wäre lieber wieder meiner gewohnten Beschäftigung am Friedhof nachgegangen, um etwas zu tun zu haben und um den Tag auszufüllen, der nicht enden zu wollen schien. Wenig Leute waren zu sehen. Alle schliefen oder schmachteten in ihren Häusern und beklagten es, daß die Stunden so unbarmherzig langsam und leer vergingen. Mir fiel plötzlich ein, daß ich schon lange nicht mehr in meinem Atelier gewesen war, wo nun wohl ungestört der Eklige mit seinen Jüngern schlief. Aber ich fühlte kein Bedürfnis mehr danach. Meine einzige Verpflichtung war ohne mein Zutun erledigt worden: Die Frau des toten Seemanns ließ mir ausrichten, daß sie das Grabmal erhalten habe und sehr zufrieden sei, was mich annehmen ließ, daß andere es fertiggestellt hätten. Aber es empörte mich nicht mehr, ich freute mich eher, diese Sorge losgeworden zu sein.

Vielleicht war es nur mein zielloses Wandern an jenem Tag, das mich ganz unbewußt zum Atelier führte, das ich mit einem Gefühl der Fremdheit und Gleichgültigkeit betrat. Welche Veränderungen auch hier! Der Eklige empfing mich herablassend, aber er geizte mit seinen Worten, auf daß sein Gesprächspartner begierig an seinen Lippen hinge. Zwei der Unglücklichen aus seiner Gesellschaft warfen mir einen verächtlichen Blick zu, als wollten sie sagen: *Was sucht denn dieser Zwerg im Tempel der Kunst?*

Das Atelier machte den Eindruck eines von Ratten in Besitz genommenen Lagerhauses. Ein schwerer, undefinierbarer Geruch schwebte über den Steinen und Holzstämmen, an denen ich einst gearbeitet hatte; alle waren entstellt, trugen

Spuren von ungestümen fremden Händen, die meine Chimären von einst verkehrt fortsetzten und mich vollends aus dem Werkstoff vertrieben, in dem ich noch eine Weile verblieben war. Neben dem Bett des Ekligen waren jetzt zwei weitere Lager aus Brettern und Klötzen improvisiert, mit alten Kleidern bedeckt, unter denen Strohbündel und dürres Laub hervorlugten.
Der Eklige sprach zu seinen Jüngern und setzte ihnen seine Theorie von der Gestaltung des Raums zwischen den Objekten auseinander; die Plastik sei nach seiner Meinung die Kunst, das Negativ der Dinge durch eine Umkehrung der zwischen Rauminhalten und Linien bestehenden Beziehungen zu schaffen. Das Objekt entstehe aus der Entgegnung, die der Raum dem Licht gebe, und der Künstler müsse ins Wesen des Raumes und seiner möglichen Morphologie eindringen. Die Jünger lauschten ihm ehrfurchtsvoll, und von Zeit zu Zeit widersprachen sie ihm zum Schein, was ihm besonderes Vergnügen bereitete. Ich sah ein, daß ich nichts als ein Eindringling war, und daß ich zum letztenmal die Schwelle des Ateliers überschritten hatte, das mir schon längst nicht mehr gehörte.
Und sogar die Uhren waren stehengeblieben, als ob sie in geheimer Verabredung mit dem leeren Tag stünden, der mich in seinen Fangarmen hielt. Ich verfluchte die Feiertage mit ihrer bedrückenden Leere, mit dem Terror des Nichts und des Stillstands. Ich verließ das Atelier, ging durch die menschenleeren Straßen, die ebenso verschlafen waren wie ich und gekreuzigt im Schnee, und dann kam mir die Idee, meine frühere Wirtin zu besuchen, um mit ihr die Zeit zu verbringen. So machte ich mich auf den Weg zu ihrem Haus.
Ich klopfte wiederholt an die Tür, und nach einiger Zeit öffnete mir der alte General, vom Gürtel abwärts nackt, hochrot im Gesicht, mit zerzaustem Haar, wie ein aschgraues Gespenst. Er teilte mir mit, daß die Frau, die ich suchte, sich schwer versündigt habe wider die wissenschaftlichen Prinzipien und festgenommen worden sei, um ihre Strafe zu verbüssen. Seine Rede war lakonisch und voll von Anspielungen, sein hinterhältiger Blick blieb auf mich geheftet; ich kehrte ihm den Rücken und entfernte mich, geplagt von Gewissensbissen wegen meines Benehmens vom

Vortag, wofür die arme Frau nun so teuer bezahlen mußte. Ich begriff aber nicht, warum man unser Abenteuer ihr und nicht mir zum Vorwurf machte. Wer mochte sie zur Verantwortung gezogen haben?

Als ich so in trübe Gedanken versunken einherging, stieß ich mit einem Freund zusammen, der mir entgegenkam. Es war der Küster. Wir blieben beide stehen, und nachdem ich ihm Zeit gelassen hatte, seine Floskeln zum Besten zu geben, nahm ich seine Einladung in den großen Gasthof am Hafen an. Aus Langeweile und aus einem erbärmlichen Gefühl von Bedrückung und lebendigem Tod.

Der Gasthof war fast leer, die dichtgedrängten Massen vom ersten Feiertag waren verschwunden, das Schaffleisch rauchte nicht mehr. An einem Tisch neben uns saßen die drei Totengräber. Da ich sie nun bei Licht sah, kamen sie mir vor wie damals, als ich sie auf dem Friedhof schlafend vor Ermattung entdeckt hatte, blaß, abgehärmt, vom Siegel alter Familien geprägt, müde hervorgegangen aus einer gewundenen und späten Genealogie an der Schwelle der Jahre zwischen vermoderten Zeiten. Und dennoch betrachtete ich sie mit gewissem Neid: Sie waren älter und besser eingeweiht als ich, sie gehörten der Nacht, der Intimität, der Sippe an, sie nahmen an geheimnisvollen Lustbarkeiten teil, wie ich im benachbarten Zimmer gesehen hatte, wo sie vielleicht auch wohnten, wenn sie überhaupt irgendwo zu Hause waren, und sie hatten Anteil an der geheimnisvollen Fahrt der Skelette übers Meer im Morgengrauen. Wir tranken schwarzen, violett schimmernden Wein aus den großen plumpen Gläsern des Wirtes. Ohne es zu wollen, glitten meine Blicke ständig zu ihrem Tisch, trotz der Bemühungen des Küsters, meine Aufmerksamkeit mit seinem unaufhörlichen Geschwätz zu fesseln.

Die Totengräber schwiegen, hin und wieder sprachen sie ein paar Worte miteinander, die zu verstehen mir nicht gelang. Gern hätte ich mich zu ihnen an den Tisch gesetzt, aber da sie mir keinerlei Beachtung schenkten, war das nicht möglich. Ich resignierte in der Annahme, daß der Küster in dieser geheimen Hierarchie doch eine höhere Stelle innehabe, weil er sie ja überwache, obgleich ich nicht restlos davon überzeugt war. Genau wußte ich nur, daß mein Platz in dieser

Hierarchie noch nicht festgelegt war, und daher beunruhigte mich das Ereignis der vergangenen Nacht immer mehr.
Nach einiger Zeit fiel mir auf, daß der Küster es vermied, zu dem anderen Tisch hinüberzusehen.
Sichtlich war etwas zwischen ihm und den Totengräbern vorgefallen – etwas, das mir zwar unbekannt, aber mit Sicherheit geschehen war. Während ich eben über ihre wahren Beziehungen nachdachte, erhob sich einer der Totengräber, wandte sich mir zu und grüßte mich sehr höflich, als ob er mich erst jetzt gesehen hätte; er nahm mich am Arm und bat mich, mit ihm und den beiden anderen, die sich inzwischen hinzugesellt hatten, hinauszugehen, so daß mir beinahe keine Zeit blieb, mich von meinem Gefährten zu verabschieden. Der Küster lief grün an, begann zu zittern und ein unverständliches Gemisch von Vorwürfen und Entschuldigungen zu murmeln, bevor er aufsprang und noch vor uns durch die Tür davoneilte. Befangen von dieser peinlichen, unabsichtlich von mir verschuldeten Situation folgte ich den Totengräbern, die gleichgültig und von dem Zwischenfall nicht berührt schienen. Und so war es mir gegeben, einen weiteren Aspekt der Dinge kennenzulernen, wobei ich meine ohnehin schon bedenkliche Lage noch verschlimmerte.

XIX

Die Totengräber waren beileibe nicht die ohnmächtigen Opfer, für die ich sie gehalten hatte. Als alte, eine Zeitlang in ferne Länder verbannte Kämpfer hegten sie bloß überlegene Verachtung für alle Emporkömmlinge, in denen sie nichts als Nutznießer einer noch ungeklärten Sachlage sahen. Während wir uns der Schwarzen Kirche näherten, erfuhr ich im Gespräch mit ihnen trotz ihrer vorsichtigen Ausdrucksweise, daß innerhalb der Führung Meinungsverschiedenheiten und Uneinigkeit herrschten, die sich sogar auf die untersten Ebenen übertrugen. Der Küster vertrat – und nicht erst seit gestern – einen entgegengesetzten Standpunkt. Obgleich ich mich wiederholt bemühte, sie zu einem Gespräch über die Putzfrau anzustacheln, ließen sie sich nicht dazu bringen. Sie schienen eine ungeheure Verehrung für sie zu hegen und wichen aus, sobald die Rede auf sie kam. Ob ihre Verehrung nur eine List aus Vorsicht war, konnte ich nicht beurteilen. Sie erwähnten auch jene Szene mit der Wirtin nicht, der sie heimlich beigewohnt hatten. Aber vielleicht verwechselte ich sie. Vielleicht waren sie nicht jene Kerle, die mich überrascht hatten, als sie den Raum verließen. Im übrigen hüteten sie sich, mir irgendwelche konkreten Auskünfte zu geben, und zogen es vor, mich in ihre Prinzipien einzuweihen und theoretische Probleme zu erörtern.

Ich erkannte, daß sie vom Wein berauscht waren, und versuchte meinen Vorteil daraus zu schlagen und die Diskussion in andere Bahnen zu lenken, um etwas von den zahllosen Aspekten zu erfahren, die mir völlig unbekannt waren. Aber sie verrieten nichts Besonderes, nur einem von ihnen, der am meisten betrunken oder am wenigsten von seiner Lage befriedigt war, entschlüpften einige Worte, die mich über ihre Tätigkeit halbwegs ins klare setzten: *Genug, genug, der Preis der Knochen interessiert mich nicht mehr, ich brauche andere, lebendige Knochen, die über die Straßen gehen oder auf vergoldeten Sesseln sitzen!*

Welche Knochen? riefen die anderen und warfen ihm vernichtende Blicke zu. *Siehst du nicht, wie schwach deine Knochen geworden sind. Nimm dich in acht, damit nicht der schöne junge Friedhof der Schwarzen Kirche nach ihnen verlange . . . nimm dich in acht, Freund! Du ähnelst allmählich dem Vater dieses Herrn . . . Wahrhafte Barmherzigkeit! Aus dem Leben der Niedrigen! Die Maler, Dichter, die Müllbrigade der Zeit, die Wucherer, Niederträchtigen, Wölfe! . . .*

Dann begannen sie in einer fremden Sprache zu reden, die ich kaum verstand. Der Rausch hatte sie verspätet erfaßt, und es war unmöglich, ihnen zu folgen.

Wir kamen neben dem zerstörten Turm zum Strand, die Wasser waren zugefroren, der blaßgrüne Horizont trug eine Nebelblume, der Himmel glich beschlagenem Chrom, die Wellen waren weiter draußen, jenseits der in Eis gebundenen Strecke schwarz, grün und violett, am schneebedeckten Strand fanden sich vereinzelt rätselhafte Fußspuren. Wir ließen uns auf den Ruinen nieder, und der Totengräber, der zuerst gesprochen hatte, zog aus der Tasche eine bauchige Flasche mit fremdsprachigen Aufschriften. Er bot uns zu trinken an. Es war ein alter und starker Wein von der Farbe des

Bernsteins, dicht und ölig, mit einem Aroma von fauligem Eukalyptus und Rosinen, ein südlicher Wein, wie ich ihn seit langem nicht mehr gesehen hatte. Wir alle tranken und kehrten auf der breiten Küstenstraße, die von Einsamkeit und Schnee belagert war, zum Haus des Küsters zurück, beherrscht von der Euphorie des Weins.
Endlich begann es unmerklich Abend zu werden. Der zweite Feiertag hatte sich entschlossen, zur Neige zu gehen, nachdem er die ganze Stadt mit seiner Leere und seinem Stillstand gequält hatte. Vom Meer her erhob sich ein wärmerer Wind, ein trügerischer Wind mitten im harten Winter, der die Landschaft beherrschte. In der Dämmerung erwacht, überzogen die Möwen – die Raben des Meeres – mit ihren gellenden Schreien die Luft.
Ich fühlte, daß diese Menschen die einzigen waren, zu denen ich aufrichtig und herzlich sprechen, mit denen ich mich anfreunden und das Leben teilen könnte, das voll von dunkler Schande und Typhus war; daß nur sie jenes Gefühl von Unsicherheit und Unruhe lindern konnten, das mich seit so langer Zeit verfolgte. Zu Hause angelangt, wollte ich sie in mein Zimmer bitten, um dort das Gespräch fortzusetzen. Aber plötzlich tauchte die Silhouette der Putzfrau auf, die aus dem Haus kam und zur Kirche ging. Die Totengräber schraken aus ihrem Rausch auf und blickten einander an. Ihre Gesichter verdunkelten sich, sie wurden wieder so schweigsam und unzugänglich, wie ich sie kennengelernt hatte. Sie verabschiedeten sich eilig und folgten ihr.
Im Vorraum empfing mich grinsend der Küster mit seiner spöttischen Unterwürfigkeit und machte mir Vorstellungen, weil ich ihn im Gasthof verlassen und eine andere Gesellschaft vorgezogen, was den *Herrschaften* [und er zeigte zum benachbarten Zimmer] irgendwie mißfallen hätte. Nach meinen Beobachtungen in jener Nacht hatte ich die ganze Zeit angenommen, daß die *Herrschaften* die Totengräber wären, aber soviel ich jetzt begriff, waren sie es nicht. Ich betrat mein Zimmer, aus dem die ehemalige Tänzerin kam, mit der ich einmal gelebt hatte. Wie eine schmutzige Katze war sie an mir vorübergeglitten und verschwunden. Ich hatte eine unangenehme Vorahnung, wie einen schlechten Geschmack, den man nicht los wird. Spät und in düsteren Ge-

danken schlief ich ein. Der morgige Tag sollte mir die volle Bestätigung meiner Ahnungen bringen.

XX

Ich erwachte gegen Mittag. Seltsamerweise war der Küster nicht wie gewohnt gekommen, mich beim Morgengrauen zur Arbeit zu wecken, und so verlor ich fast einen halben Tag. Ich sprang aus dem Bett, kleidete mich rasch an und stürzte in den Vorraum, wo mich auf dem Bett des Küsters jene drei Leute erwarteten, die mir die Schränke gebracht hatten. Nachdem sie mich, ohne ihre hohen und glänzenden Hüte richtig vom Kopf zu nehmen, begrüßt hatten, sagte der alte General, daß meine Aufgabe nun beendet sei, und daß man mir eine andere zugeteilt hätte; die nötigen Weisungen würde ich noch erhalten. Dann hoben sie mich auf die Schultern und trugen mich zum Sitz der *Liga,* wie ich fälschlich annahm, denn bald sollte ich erkennen, daß wir eine ganz andere Richtung eingeschlagen hatten.
An der Küste war nun in einem alten, auf den Felsen erbauten Haus, in dem einst, so viel ich weiß, die letzten Nachkommen einer fürstlichen Familie gewohnt hatten, eine sehr schwer zu identifizierende Institution untergebracht. Kein Hinweis am Eingang, nichts, was nur die leiseste Ahnung von Sinn und Zweck des hier vollbrachten Werkes hätte vermitteln können. An der Tür übergaben mich die drei einem alten, stummen Bettler. Der Stumme klatschte in die Hände, und es erschienen zwei Lakaien von eindrucksvoller Gestalt, die in betreßte und mit glänzenden Knöpfen besetzte Gewänder gekleidet waren. Sie bedeuteten mir, ihnen zu folgen. Innen war das Gebäude grau ausgemalt, alle Türen waren aus Metall und so schwer, daß sie sich kaum in den Angeln bewegten, die Fenster waren verschlossen und von massiven Läden bedeckt, die Wände kahl. Die engen und finsteren Gänge rochen nach frisch lackiertem Metall, die Treppen, die wir hinauf- und hinabstiegen, waren mit schwarzem Sackleinen bezogen, die Säle hatten steinerne Fußböden, und die Schritte hallten unter den schattigen Gewölben. Dichtes Schweigen beherrschte das Ganze.
Vor einer der Türen blieben wir stehen. Die Lakaien öffneten

sie und stießen mich in einen großen, fast leeren Raum, dann hörte ich den Schlüssel sich im Schloß drehen und fand mich allein. Im Raum standen ein eisernes Bett, ein Tisch und zwei Stühle. Auf dem Tisch etwas zu essen, eine große Kanne voll Wasser und zwei Pakete Tabak. Die Wände waren fensterlos, die Decke aus Holz, der Fußboden aus Stein. In einer Ecke standen zwei Kerzenleuchter aus gebranntem Ton mit dicken, langen Kerzen, die den ganzen Raum beleuchteten.
Erschüttert von meinem Erlebnis warf ich mich aufs Bett, wo ich einen Tag und eine Nacht verbringen sollte, ohne etwas über mein Schicksal und über den Zweck dieser seltsamen Haft zu erfahren. Ob ich gefangen war oder nicht, war mir nicht klar. Im Geiste sah ich jene nächtlichen Festlichkeiten vor mir und mein Abenteuer mit der ehemaligen Wirtin, bei dem uns die im Zimmer verborgenen Kerle überrascht hatten; das Grinsen des Küsters, die Unterredung mit den Totengräbern und dann anderes und wieder anderes, meinen Besuch am Sitz der *Liga*, die Gesichter der gefesselten Juden im Haus des Professors, die Krankheit, den mißlungenen Fluchtversuch. Ein chaotischer Rückblick rollte vor meinen Augen ab, und schrecklich quälte mich meine Unfähigkeit zu begreifen, Anhaltspunkte zu finden in diesem Wirrwarr von sinnlosen Dingen ... ich hörte ein dumpfes Dröhnen, mein Kopf dröhnte, meine Seele, meine Gedanken ... was meine Erinnerung, mein Bewußtsein und meine Sinne mir eingaben, begann mir fremd zu werden. Ich spürte, daß ich vergaß oder nur falsche, von einer verräterischen Pseudo-Erinnerung erfundene Dinge wußte, ich empfand die Bedrückung dieses Pseudo-Lebens, das mich zwang, es zu leben. Ein anderer hatte meinen Platz eingenommen und suchte in mir das Alibi für seine künftigen Verbrechen. Was wird sein, was wird mit mir geschehen, das waren Fragen, die unbarmherzige Gitter für mich, über meiner Luft und meinem Himmel bedeuteten ... Nichts, nichts wird mehr geschehen, ich werde nichts mehr wissen, ich werde nichts anderes sehen als die Schatten der Dinge, ich werde als Gefangener enden, als Gefangener der Fälschung und des in sein Gegenteil verkehrten äußeren Scheins, als ein willenloses Werkzeug für das Erleben von trügerischen Ereignissen.

Ich begann, mich endgültig mit der beruhigenden Idee abzufinden, ein Gefangener zu sein, und dieses Gefühl gab mir sogar Stärkung und Halt. Ich hoffte, die vollkommene Einsamkeit des Kerkers werde mich allmählich mir selbst zurückgeben. Ich hoffte, mein eigenes Wesen wiederzuerlangen, von neuem in den Lauf meiner wahren Existenz zurückkehren zu können, meine Wirklichkeit und Sicherheit wiederzugewinnen, genährt von der Vergangenheit, die meine Gegenwart und meine Zukunft sein würde.
Aber diese ermutigenden Gedanken stürzten am nächsten Morgen in sich zusammen, als die Tür, die besser für immer verschlossen geblieben wäre, sich plötzlich öffnete und der Gestrenge ins Zimmer trat. Er sprach in feierlichem Ton, beglückwünschte mich für das Vertrauen, das die führenden Kreise in mich gesetzt hätten, als sie mir trotz meiner vielfältigen Verfehlungen eine so wichtige Aufgabe zuteilten. Worin diese Aufgabe bestünde, wußte ich noch nicht, aber ich sollte es sogleich mit tiefer Verwunderung und Enttäuschung erfahren.
Er setzte sich auf einen Stuhl, lehnte sich bequem zurück, legte seine Hände auf die Knie und begann mich einzuweihen. Binnen kurzem begriff ich, daß man mich an Stelle der Totengräber eingesetzt hatte und daß ich nicht so sehr ihre Tätigkeit fortsetzen als vielmehr reorganisieren, auf feste Grundlagen stellen und die Irrtümer liquidieren sollte ... sein Gerede wurde immer allgemeiner und entbehrte bald jeglichen konkreten Elementes. Genaue Anweisungen und Richtlinien würde ich vom Küster erhalten, der mir im Notfall stets behilflich sein werde. Nach einer Art sinnlosem Verhör, das die üblichen schamlosesten Intimitäten zum Gegenstand hatte, nahm seine Rede wieder ihren Lauf mit Mäandern und ermüdenden Krümmungen – mit dem bekannten Tonfall von künstlichem Enthusiasmus und vorgetäuschter Macht. Elan, Entsagung, durchdringender Geist, Entschlossenheit, Klarsicht und zahlreiche ähnliche Begriffe sollten der Schmuck meiner zukünftigen Tätigkeit werden.
Wie betäubt musterte ich sein bald feierliches, bald von ernstem und wohlwollendem Lächeln gezeichnetes Gesicht. Und erst am Schluß bemerkte ich, daß er nicht der Gestrenge war, der mich am Sitz der *Liga* empfangen hatte, obwohl er

jenem vollkommen glich – in all seinen Reaktionen, Gesten und sogar in der Klangfarbe der Stimme, nicht zu reden von der Kleidung und von den ganz identischen Phrasen. Als er sich erhob, mir die Hand gab und mir seinen Hut reichte, in den ich mit mechanischer Geste einen Groschen warf, fragte ich ihn nach den drei Totengräbern. Unangenehm berührt von meiner Frage, hustete er schwer, räusperte sich, runzelte leicht die Stirn und sagte: *Du hast noch viel zu lernen, du bist in mancher Hinsicht noch ein Ignorant, mein Freund. Bemühe dich, die grundlegenden Prinzipien zu beherrschen und gehorsam dem Vertrauen zu entsprechen, das man in dich gesetzt hat.*
Dann verließ er mich, und hinter ihm traten die beiden Lakaien ein, die mir Kleidungsstücke brachten, wie sie die Totengräber getragen hatten. Während ich mich umzog – denn sie zwangen mich, es auf der Stelle zu tun, indem sie mir meine alten Kleider wegnahmen – weilten meine Gedanken bei meinen armen Vorgängern. Ich war überzeugt, sie nie mehr wiederzusehen. Und doch sollte ich ihnen noch unter solchen Umständen begegnen, wie ich sie in diesem Augenblick nicht einmal erahnen konnte.

XXI

Nach der eisigen Klarheit mit ihren kalten Sternen und nächtlichen kalkig-bleichen Schädeln in der Leere der mondhaften, schwarz gewellten Räume kamen die Nächte mit Schnee und Sturm, der Frost ließ nach, die Landschaft verlor ihre kristallene Transparenz und hüllte sich in Schnee und Wind. Tagsüber schlief ich in meinem Zimmer, am Abend kam der Küster, mich zu wecken, und spät in der Nacht begann ich meine Tätigkeit. Ich war zwei anderen Totengräbern zugeteilt worden, die mir zwar untergeben, aber doch, soweit ich erkennen konnte, mit größerer Macht ausgestattet waren und jedenfalls besser Bescheid wußten als ich.
Sie waren wortkarg, von düsterem Antlitz, heimlichtuerisch, mißtrauisch, und ich ertrug sie wie eine Strafe; oder vielleicht war einem jeden von uns die Gesellschaft der anderen in gleichem Maße zuwider, so daß sich jeder unwillkürlich in sich selbst zurückzog und den anderen unfreundlich und

zugleich fremd gegenübertrat. Ich wußte nicht, wer sie waren, woher sie kamen und was sie vorher getan hatten, aber ich fühlte auch kein Bedürfnis, sie zu fragen. Nichts drängte mich, dies in Erfahrung zu bringen; was außerhalb meiner unmittelbaren Sinneseindrücke vor sich ging, hatte mich so sehr beunruhigt, daß ich mich nun unbewußt allem verschloß. Die Worte des jungen Juden, den ich gefesselt an der Seite eines anderen [vielleicht seines Vaters] gefunden hatte, waren mir zum Leitmotiv für jeden Augenblick geworden: Nimm alles so, wie es sich dir zeigt, bemühe dich nicht, ein anderes Wesen zu entdecken als jenes, das du sehen kannst. Vergiß sogar dich, der du früher warst, und versuche, dich mit jenem zu identifizieren, zu dem du mit der Zeit werden wirst.

Mit Intellektuellen zu arbeiten, war widerwärtig aber bequem. Wenn wir Nacht für Nacht alle drei mit Schaufel und Spitzhacke auf den Friedhof kamen, fanden wir ein Dutzend Intellektuelle, die uns steif vor Kälte, mit hochgeschlagenen Krägen, aber voll Elan erwarteten, jederzeit bereit, sich selbst zu übertreffen und sich für Arbeiten herzugeben, die niemand von ihnen gefordert hätte. Noch sehe ich ihre vor Eifer glänzenden, ekstatischen Augen, feucht vom hündischen Speichel ihrer vorgetäuschten Strebsamkeit und gezeichnet von der Verzweiflung und der geheimen Hoffnung, die in ihren wässrigen Pupillen glomm.

Manche kamen schon am Abend, obgleich sie nur zu gut wußten, daß die Arbeit erst spät nach Mitternacht begann – sie kamen, um die ersten zu sein, um gesehen zu werden, um aufzufallen, um irgendwo in einer zwar nur vermuteten, aber vielleicht doch vorteilhaften Evidenz zu erscheinen. Andere versuchten ständig während der Arbeit, den noblen Sinn unserer Aktion zu lobpreisen, und ihrer freudigen Bewegung darüber Ausdruck zu verleihen, wenigstens einen bescheidenen Beitrag zu den gemeinsamen Bemühungen leisten zu dürfen und so fort ... aber unser Schweigen entmutigte sie schließlich, und sie verstummten wieder, rochen an ihren Werkzeugen, ließen ohne den Kopf zu bewegen, ihre Blicke umherschweifen, beugten ihre Rücken und zitterten.

Einige von ihnen ertappte ich, als sie flüsternd mit dem Küster sprachen, der überraschend gekommen war, um sich

vom Fortgang der Arbeiten zu überzeugen, und ich wußte sogleich, daß sie zu seinen Werkzeugen geworden waren. Wegen der Nacht und des starken Schneesturms sah man fast gar nichts, und ich konnte sie leider nicht erkennen – daher brachte ich ihnen in der folgenden Nacht eine plumpe Büste aus gebranntem Ton und zwang sie alle, zu singen und die Büste jeweils eine Stunde im Arm zu halten. Da kam Streit und Verwirrung auf. Die einen beklagten sich bei mir über die anderen: man habe ihnen die Büste vor der Zeit abgenommen, einer habe sie an zwei aufeinanderfolgenden Nächten halten dürfen, während andere immer seltener an die Reihe gekommen seien; jener solle gesagt haben, die Büste sei ihm zu schwer, und dergleichen Unsinn. Einer der frechsten – zweifellos einer der Denunzianten, die mit dem Küster geflüstert hatten – schlug sogar vor, eine zweite Büste herbeizuschaffen. Ich begann, den größten Teil meiner Zeit mit Gesprächen zu vergeuden, und letzten Endes mußte ich die Redezeit jedes einzelnen beschränken, denn wir fürchteten, mit unserer eigentlichen Arbeit ins Hintertreffen zu geraten.
Viel Zeit war vergangen, seit ich nicht mehr am Meer gewesen war. Wir lasen die ausgegrabenen Skelette am Strand auf und luden sie zusammen mit den Resten der vermoderten Särge auf das Boot, das meine beiden Gefährten bestiegen und aufs offene Meer hinaus ruderten, während ich mit den Intellektuellen zurückblieb und mich mit ihren Problemen befaßte. Auch ich hätte gern das Boot bestiegen, aber die beiden hinderten mich daran und riefen wie aus einem Mund, daß ich mich nicht unnötig ermüden solle, wenn sie mich doch vor solcher Anstrengung bewahren könnten. Es war klar, daß ich keine Ermächtigung hatte, das Schicksal der Skelette kennenzulernen, und diesen Beschluß hatten bestimmt nicht die Totengräber gefaßt, sondern nur von ganz oben entgegengenommen. Da verstand ich zum ersten Mal, daß im Grunde ich der wirkliche Untergebene war und nicht die beiden anderen, wie man mir gesagt hatte, als sie mir vorgestellt wurden. Ich fühlte mich sehr elend, vor allem weil die Szene sich vor den Augen der Intellektuellen abgespielt hatte, und es war mir peinlich, nun einige von ihnen laut darüber sprechen zu hören, wie besorgt man doch um das Wohl eines Menschen von so hoher Verantwortung war.

So gab ich jeden Versuch in dieser Richtung auf, bis mich die beiden eines Nachts von selbst einluden, sie auf dem Boot zu begleiten, und so war es mir gegeben, noch eine Stufe emporzusteigen oder besser hinabzusteigen. Wir bestiegen das Boot und liefen aus, aber auf einem ganz anderen Weg, als ich geglaubt hatte.

XXII

Die beiden ruderten, ich stand am Heck und blickte in die Nacht, die sich in einer Ahnung von Morgengrauen auflöste. Das Boot tanzte rhythmisch über die hohen Wellen, die es mit ihrem salzigen und kalten Schaum krönten. Die Küste versank, und ringsherum sah man nichts anderes mehr als die bewegten Wasser im Halbdunkel und die weißen Wellenkämme, gefallene Vögel, Schleier von toten Bräuten mit bleichen Händen, die einen Augenblick zum verborgenen Himmel beteten und dann in den Tiefen versanken, wo blinde Pflanzen herrschen, Säulen aus Marmor und melodische Wellen grüner Harfen. Oh! und wie kalt ist es, wenn du fühlst, wie sich beim Abstieg dein Wesen mit Flügeln von Eis schmückt, das langsam aus senkrechten und langen, langen Spiegeln bricht – und du selbst wirst immer länger, je tiefer du in die Kälte, ins Grün, ins Durchscheinende dringst, und die Hände werden aufgerichtete Saiten, über die andere durchsichtige Hände gleiten, die Hände der Getöteten, der Engel der Tiefe, der Glücklichen . . . und du bist bleich, bist bleich geworden, bist geworden wie von Mitternacht, aus der Heimat der in kalten Reichen Ertrunkenen, der Heimat der Piraten, die vor hieratischen Thronen erwartet werden . . .
Es schauerte mich vor Kälte. Meine Gefährten ruderten schweigend. Der Horizont entfernte sich gegen die Dunkelheit und den Nebel. Vor uns blühte der Leuchtturm auf dem Vorgebirge am Eingang des großen Golfes, in dessen Tiefe sich der Hafen verbarg. Und das Boot glitt weiter.
Ich rechnete damit, daß wir anhalten würden, um die Skelette in die Tiefe zur Ruhe zu schicken, wie es ihnen – so vermutete ich – bestimmt war. Ich stellte mir schon ihren wiegenden Tanz im Wasser vor und das dünne Pfeifen

der Knochen, verfolgt von den runden, starren Augen der Fische, dieser privilegierten Zuschauer der letzten Gesten, die die einstigen Leiber noch andeuten sollten, bevor sie die Taufe anderer Königreiche empfingen. Aber die Fahrt ging weiter, und die Totengräber zeigten keinerlei Absicht, sie zu unterbrechen.

Unser Schweigen war ein stummes Gespräch, in dem jedes Wort zum Gegenteil dessen wurde, was wir einander mit lauter Stimme gesagt hätten. Es war die intime, geheime Aufzeichnung der unaussprechlichen Wahrheit – und vielleicht schwiegen wir deshalb so grimmig und konsequent, wie die meisten Menschen in der Stadt, wenn sie der Lüge und der falschen Rede müde waren oder wenn die Furcht vor dem unvorhersehbaren Schicksal der ausgesprochenen Worte tyrannisch in ihren gepeinigten Geist Einlaß heischte. Keiner von uns wußte, warum er sich neben den anderen befand: Sie ließen mich mitfahren, weil man es ihnen diesmal so befohlen hatte, so wie sie bis zu diesem Tag gewußt hatten, daß sie mich auf ihren Wegen nicht an ihrer Seite dulden durften. Vielleicht aber wußten sie weit mehr, als ich ahnte, vielleicht war ich der einzige, der nie etwas wußte und wie von fremdem Willen getrieben dahinlebte, zwischen stets unerwarteten und demütigenden Ereignissen, deren Sinn mir verborgen blieb. Dieser Gedanke beherrschte mich und überschattete meine Existenz, verdunkelte meine Bilder und warf sie hinterhältig durcheinander vor meinen Augen, die sich noch nicht daran gewöhnt hatten, Wirklichkeiten zu erfinden, anstatt zu sehen. Wenn mir doch jemand offen gestanden hätte, daß er auch nichts wußte, wenn ich doch Menschen getroffen hätte, die bereit wären, meine Ungewißheiten und meine Schatten zu teilen, oder die mich für besser eingeweiht hielten, älter, näher am rätselhaften Kern aller Dinge, als sie selbst es waren! Aber wer konnte das sein, da ich doch in den Ketten der vollkommensten Einsamkeit gefangen war, ohne jemals allein zu sein, wenigstens im Vergessen, im Wachen, im Schlaf. Wer immer auch neben mir war, er war nach dem Wort des Buches wie *ein Sproß, wie eine Wurzel aus dürrem Erdreich*. Und hatte nicht Antlitz noch Schönheit, daß wir ihn schauen konnten, noch Wesen. Der Leuchtturm rückte immer näher, und die Ruderer sahen

sich von Zeit zu Zeit um, ihn nicht zu verfehlen. Seit jener Nacht, als ich erschöpft an den Felsen zu seinen Füßen gestrandet war, war ich nicht mehr dort gewesen – und in der Zwischenzeit hatte sich vieles verändert. Entlang der Felsen war neben dem Leuchtturm ein kleiner Kai improvisiert worden, wo Schiffe anlegen konnten, und neben dem früher einsamen Turm waren zwei größere Gebäude errichtet worden, soweit es die Enge dieser felsigen Landzunge erlaubte, die sich mehrere Meilen vom Hafen ins Meer hinaus erstreckte.
Es war hell geworden, als das Boot am Kai anlegte. Die Totengräber wurden an Land von einer Gestalt empfangen, in der ich nur mit Mühe die Putzfrau erkannte. Wann und wie sie dorthin gekommen war und welche Bedeutung ihre Anwesenheit hatte, konnte ich nicht in Erfahrung bringen. Vor allem aber ihr Äußeres, das mich seinerzeit bestürzt hatte, war ungewohnt: Sie trug einen prachtvollen Pelz und war überhaupt geschmackvoll gekleidet. Nur auf dem Kopf hatte sie einen protzigen, ja geradezu vulgären Hut, der nicht zu ihrer übrigen Kleidung paßte.
Da erschienen einige Beamte in schwarzen Anzügen, sie glichen jenen, die ich vor Zeiten über ihre großen Register gebeugt im Zimmer unter dem Leuchtturm getroffen hatte. Grauhaarig und mager, mit abgehärmten Gesichtern, mit blauen, von pergamentenen Falten umgebenen Augen – man hätte glauben können, sie seien Brüder oder nahe Verwandte, jedenfalls wirkten sie wie eine Familie. Sie brachten eine aus Säcken genähte Decke mit und begannen die Skelette sorgfältig und langsam, als handle es sich um kostbare Porzellangefäße, daraufzulegen. Sie wickelten die Gebeine ein, hoben sie hoch und gingen auf eines der neuen Gebäude zu, während die Totengräber mit der Putzfrau zur Seite traten, um etwas zu besprechen, wobei sie sich ständig zu mir, der ich im Boot geblieben war, umwandten. Ich war fürchterlich müde geworden, weil ich um diese Stunde gewöhnlich schlafen ging, seit ich in der Nacht zu arbeiten pflegte. Ich wußte nicht, was tun, noch welchen Sinn meine Anwesenheit hatte. Trotzdem befriedigte mich der Schritt, den ich mit dieser Reise getan hatte, sei es nach oben oder nach unten, immerhin aber zu jenen Großen, die der Seele der neuen Verhältnisse am nächsten standen.

Vermutlich hatte man an diesem Ende des Vorgebirges einen neuen Friedhof eingerichtet, in den man nun die Toten aus dem anderen Friedhof überführte; so überlegte ich, als ich ein anderes Boot mit drei Totengräbern sah, die mir und meinen Gefährten glichen. Die in ihm gebrachten Skelette wurden von denselben Beamten übernommen, die wieder mit ihrer sackleinernen Decke aus dem Gebäude gekommen waren. Auch ich wollte an Land gehen, um einen Spaziergang zu machen und den Platz des neuen Friedhofs zu suchen, aber die Putzfrau, die sich mit meinen beiden Totengräbern und mit den anderen aus dem zweiten Boot weiter unterhalten hatte, wurde plötzlich unruhig und wies mit der Hand aufs offene Meer hinaus, worauf alle in ihre Boote sprangen, die Ruder aufnahmen und jeder in seiner Richtung davonfuhr. Dort, wohin die Putzfrau gezeigt hatte, war ein weißes Schiff erschienen, das sich elegant wie ein wilder Schwan rasch dem Leuchtturm näherte.
Solche Schiffe hatte ich bisher nur in den reichen Ländern erblickt, in denen ich meine Kindheit und Jugend verbracht hatte. Vermutlich hatte die Putzfrau für diese Fremden ihren so ungewöhnlichen Aufzug angelegt. Es war mir aber nicht gegeben zu sehen, welches Ziel das stolze Schiff hatte und welcher Umstand es im tiefsten, finstersten Winter an den Leuchtturm brachte.

XXIII

Während der Rückkehr wurden die Totengräber gesprächiger, nachdem sie eine Weile wie verzweifelt gerudert hatten, um einen möglichst großen Abstand vom Schiff zu halten, das eben anlegte. Sie begannen mir für die Art und Weise zu danken, in der ich die Arbeiten leite, für alles, was sie von mir gelernt hätten, für die Hilfe und die fürsorgliche Aufsicht, die ich meinen Schutzbefohlenen stets hätte angedeihen lassen, vor allem aber ihnen selbst, obwohl sie ehrlich eingestehen müßtèn, daß gerade ihre Arbeit nicht immer den Anforderungen unserer Aufgabe gerecht geworden sei, ja daß sie vielmehr Nachlässigkeit, anarchische Gesinnung, mangelnde Demut und manchmal sogar Stolz gezeigt hätten.
Nachdem sie ihre peinlichen, mir nicht gerechtfertigt er-

scheinenden Lobsprüche heruntergeleiert und sich selbst aller möglichen Gesetzwidrigkeiten bezichtigt hatten, wechselten sie von neuem den Ton und beschuldigten mich, daß ich sie vielleicht doch nicht immer genügend unterstützt, meine Verpflichtungen nicht immer ernstgenommen und gewisse Schwächen der anderen übersehen hätte, weil ich eben selbst diese Schwächen in weit höherem Maß als sie alle besäße ... und so fort ... Ich sollte meine Haltung überdenken und analysieren – ich, der allem fremd und gleichgültig gegenüberstand und der wie ein Gefangener arbeitete, wie eine Maschine, wie ein Gespenst.
Eine fürchterliche Empörung erfaßte mich, und wenn ich dazu imstande gewesen wäre, so hätte ich sie augenblicklich ins Meer gestoßen, aber ich beherrschte mich. Mir waren meine Unfähigkeit und meine unsichtbaren Ketten bewußt. Ich versuchte ihnen auf ihre Weise zu antworten. Aber vergeblich. Die Worte sträubten sich gegen mich oder zerfielen in unklare Silben, breiteten sich aus wie Gummiarabikum – und endlich spie ich sie in die Wellen von metallischem Grün und folgte ihnen mit dem Blick, wie sie davonschwammen und sich allmählich zersetzten. Warum sollte eigentlich das Meer, das so viel bastardhaften Schmutz verdaut und an den Strand wirft, nicht auch den Wortmüll mit sich forttragen, der täglich von den verschiedenen Sprachen ausgespien wird und allenthalben verfault? Aber die Menschen speien die Worte nicht aus, sondern schlucken sie. Irgendwann einmal werde wohl auch ich es lernen, sie zu schlucken und nur noch Pseudo-Worte auszusprechen. Irgendwann einmal werde ich zum vollkommenen Papagei werden und nicht mehr den Käfig usurpieren, in den ich jetzt schon geraten bin, weil ich meine Flügel verloren habe und nicht mehr über die Kraft verfüge, vom sublimen Wahnsinn des Dschungels zu träumen.
Die letzte Illusion über meine Rolle wurde mir geraubt. Was für Untergebene waren diese Totengräber, wenn gerade ihnen die geheimsten Aufgaben anvertraut wurden, während ich wie ein Statist danebenstand. Es stimmt, daß sich während unserer nächtlichen Arbeit auf dem Friedhof alles um mich drehte, als ob ich wirklich der Herr und Gebieter gewesen wäre. Die Totengräber machten bisher einen disziplinierten und anständigen Eindruck und schienen tatsäch-

lich meine vertrautesten Gehilfen zu sein. Hier auf dem Meer aber wurden sie anmaßend, spielten recht deutlich auf mein Abenteuer mit der Wirtin an – mehr noch, sie unterstellten mir sogar, Beziehungen zu einem ehemaligen Totengräber gepflegt zu haben, der sich den neuen Zeiten gegenüber feindselig verhielt. Trotz ihrer allmählichen Rückkehr zur Unterwürfigkeit begriff ich, warum man ihnen befohlen hatte, mich mitzunehmen: Um mir all jenen Unflat an den Kopf zu werfen, den sie nun äußerten. Und von diesem Augenblick an war unsere Feindschaft offensichtlich.
Ihr Benehmen jedoch hatte eine Veränderung erfahren, die in Widerspruch zu den wahren Gefühlen stand, die wir füreinander hegten. Während sie vorher stets mürrisch und verdrossen gewesen waren, eigneten sie sich nun eine unterwürfige Jovialität an, grüßten mich ständig – einer von ihnen küßte mir sogar die Hand – lobten ohne Unterlaß alle meine Taten und bedachten mich mit den seltsamsten Angeboten: sie zum Gasthof auf einen Trunk zu begleiten, mich im Spielen der Mundharmonika unterweisen zu dürfen oder mit ihnen die Leckerbissen zu teilen, die man ihnen von zu Hause gebracht hatte – große Scheiben von hartem Maisbrei mit Kürbismarmelade. Ihre Beharrlichkeit wurde mir allmählich lästig, und es ärgerte mich, ihnen, so wie die Dinge lagen, nicht aus dem Weg gehen zu können.
Wenn die Mitternacht nahe war, packte mich allein bei dem Gedanken, ihnen von neuem ausgeliefert zu sein, neben ihnen arbeiten und sie ertragen zu müssen, der Ekel – ich hätte es tausendmal vorgezogen, sie so vergrämt und düster zu sehen, wie sie ursprünglich gewesen waren. Und dann gab es zumindest noch ein verdächtiges Kapitel in ihrem Betragen: Ich war mir fast gewiß, daß sie beide in dem benachbarten Zimmer wohnten oder doch zu den ständigen Gästen jener Zusammenkünfte zählten, deren Zeuge ich einmal am Fenster geworden war. Sie sprachen aber nie davon, und es erschien mir höchst eigentümlich, daß man mich noch nie dorthin eingeladen hatte, obwohl all die alten Totengräber dort verkehrten. Oder war doch jenes Mal, als ich sie überrascht hatte, das einzige Mal gewesen? Nur der Küster konnte das wissen, und ich beschloß, ihn ohne Umschweife danach zu fragen. In meiner Eigenschaft als nächtlicher

Totengräber schien es mir nur selbstverständlich, in jene Dinge eingeweiht zu werden, bei denen ich meine Vorgänger beobachtet hatte. Und es sollte auch bald dazu kommen.

XXIV

Die Tage vergingen, sie verschlangen einander in zahnlosen und grauen Rachen, in denen alle Erlebnisse und Erwartungen auf einmal versanken, auch die immer selteneren Träume im Zeichen des kalten Metalls und der winterverschlossenen Seelen. Weiß und Schwarz verflochten sich allenthalben – und das Schwarz war tief, unergründlich, voll von lauernden Schatten, und im Weißen ertönten silberne Schlösser, silberne Ketten, Platten, Panzer, Gitter und Handschellen aus erstarrtem, gebundenem, gefrorenem Silber, das tot blieb im warmen Hauch der unter einer Bürde von Stummheit gebückten Menschen.

Wenn ich am Tage meinen Schlaf schlief, erschöpft von der erst im Morgengrauen vollendeten Arbeit, dann galoppierten wilde Pferde mit riesigen, vom Wind zerzausten Mähnen durch meine Träume, dann stürzten dunkle Gebäude in sich zusammen, dann öffneten sich Fenster und schlugen im Luftzug, Adler schwebten im Blau eines wunderbaren Frühlings, und erlösende Feuer schlüpften mit ausgebreiteten Flügeln aus der Erde, durchquerten eine verseuchte Gegend, verzehrten Haufen von übelriechendem Abfall und verliehen den Schädeln, die in den Aschenbergen übrigblieben, eine eigentümliche Phosphoreszenz. Vielleicht erinnerte sich noch jemand an mich, vielleicht schickte mir noch jemand ferne Botschaften, die mich nie erreichten, aber die Jahreszeit stand still, und ich blieb wie ein Gefangener in ihrem Innern stets hinter den Dingen zurück, die gegen mich gerichtet waren. Ich hatte mich in einem Raum verloren, in dem ich vor Entdeckung sicher zu sein glaubte. Selten dachte ich noch an meine Mutter und meine beiden Brüder in den Ländern meiner schönsten Jahre, in jenen reichen Gefilden des Untergangs im Schatten einer unerbittlichen Dämmerung, wo man krank ist an Zeit und an Zuviel. Sie waren für mich wie aus meinem Leben entschwundene Horizonte und Linien, die sich außerhalb meiner Erinnerung trafen, zwischen den Tagen, die einander zeitlos, bewegungslos, gleichförmig und ohne Unterschied verschlangen.

Als ich eines Morgens von der Arbeit heimkehrte, sagte mir der Küster, daß mich mein Bruder gesucht habe; und ich hatte das Gefühl, aus einer langen Ohnmacht zu erwachen. Am Anfang fiel es mir schwer, den Sinn dieser Botschaft zu erfassen: *Was, wer, woher?* fragte ich ihn verwirrt und blickte ihn dabei wohl so ratlos an, daß ein leichtes Lächeln über sein unterwürfiges Gesicht huschte, als er sagte, er werde mich nach einem ausgiebigen Schlaf wecken und selbst an den Ort unseres Zusammentreffens führen.

Ich ging in mein Zimmer, zog mich ganz geistesabwesend aus, und als ich nach einiger Zeit im Bett ausgestreckt auf den Schlaf wartete, gelang es mir, die Überraschung zu überwinden und mich sogar darauf zu freuen, daß ich einen meiner Brüder wiedersehen sollte, sicher den ältesten, der mich nun, nach so langen Jahren ohne jede Nachricht, suchte. Vielleicht waren ihnen, so wie mir seinerzeit über meinen Vater, verschiedene Ereignisse zu Ohren gekommen, auf Umwegen und entstellt von der Phantasie irgendwelcher Mittelsmänner, die stets versucht sind, anderen all das zuzuschreiben, was sie selbst zu verwirklichen imstande waren, oder aber das, was getan zu haben sie sich schämten.

Am späten Nachmittag, als die Sonne ins letzte Viertel ging und der Küster mich für unser Vorhaben weckte, umfing mich Sorge und Angst um das Schicksal meines armen Bruders; voll Beklemmung dachte ich daran, daß man ihm nun, da er einmal in der Stadt war, vielleicht die Rückkehr verwehren könne und daß auch er ein Gefangener meiner erbärmlichen Existenz werden könnte, mein Leidensgenosse im gemeinsamen Besitz von Elend und Schändlichkeit. In Gedanken versunken, fragte ich gar nicht den Küster, wo wir einander treffen sollten. Erst als wir vor einer Tür hielten, erkannte ich, daß mein Bruder mich in meiner alten Wohnung erwartete, die inzwischen eine so zweifelhafte Institution beherbergte.

Ich läutete, ein kräftiger und düster blickender Bettler öffnete uns, ließ uns aber erst eintreten, nachdem ich einen Groschen in die uns entgegengestreckte schmierige Mütze geworfen hatte. Der große Raum im Parterre hatte sich noch

stärker verändert: hier stand nur noch ein langer Tisch, bedeckt mit grell gefärbter Leinwand, umgeben von plumpen Stühlen, das Parkett war verschmutzt, die Wände weiß und leer, und nur in der Ecke, wo die Büste auf dem hölzernen Wandbrett stand, hingen ein paar Streifen der gleichen Leinwand. Die Treppe, über die wir zu meinem Zimmer hinaufstiegen, knarrte heimtückisch. Am Treppenabsatz sah ich die Tür zu meinem Zimmer halb geöffnet. Ich trat mit einem wirren Gefühl, einer Mischung aus Bewegung, Melancholie und Bedauern ins Zimmer. Ein kleingewachsener, aber muskulöser und breitschultriger Kerl stürzte sich auf mich, schüttelte mir kräftig die Hand und hüllte mich in einen Wortschwall, der fürchterlich falsch klang.
Verärgert blieb ich stehen. Er schien um zehn Jahre älter als ich, und ich war überzeugt, ihn nie gesehen zu haben. Ich wußte nicht, was tun, und war zu keiner wie immer gearteten Reaktion fähig. Mein falscher Bruder benahm sich, als wäre er mein richtiger; er begann von unserer Kindheit zu sprechen und erinnerte sich an nebensächliche Begebenheiten, die sein Gerede ausschmücken und ihm einen Hauch von Echtheit verleihen sollten. Er schien so ehrlich bewegt zu sein, daß es mir unmöglich war, ihn zurückzuweisen und ihm den Rücken zu kehren, wie es sich geziemt hätte.
Nichts von alldem, was er erzählte, war mir bekannt: Begebenheiten und Ereignisse, die ich nie erlebt hatte aber doch hätte erleben können, schienen mir sogar immer vertrauter und plausibler, und ich wurde ihrer Versuche gewahr, mein Gedächtnis zu bezwingen, sich darin einzunisten, um zu meinen eigenen Erinnerungen zu werden und mein wahres Leben von früher an sich zu reißen. Ich hatte gar nicht gemerkt, daß der Küster gegangen war. Verwirrt wie ich war, sah ich nur die sich wieder öffnende Tür. Die beiden kräftigen Bettler traten ein, packten mich und führten mich zum Sitz der *Liga*, wo ich eine Nachricht von bösem Vorzeichen erhalten sollte.

XXV

Die drei Herren in Abendanzügen erwarteten mich gleichgültig vor einem Seiteneingang, wo mich die Bettler abgesetzt hatten. Nach der üblichen Begrüßung mit *Mein Herr*... verneigten sie sich förmlich, nahmen jedoch nicht einmal ihre hohen, schwarzen Hüte vom Kopf und bedeuteten mir, ihnen zu folgen. Obwohl wir mehrmals jeweils zehn Stufen hinaufstiegen, gelangten wir in die dunklen und feuchten Gänge eines Kellers, Wassertropfen erstarrten an den verschimmelten Wänden, und zwischen den rauchgeschwärzten Holzbalken der ziemlich niedrigen Decke spannte sich ein dichtes Netz von Spinnweben, in dem sich Nachtfalter zu Hunderten gefangen hatten.

Noch immer unter dem Eindruck meiner ungewöhnlichen Begegnung mit dem Menschen, der sich für meinen Bruder ausgegeben hatte, erkundigte ich mich nicht nach dem Ziel unseres Weges, sondern ließ mich führen. Sie hätten mir auch nicht geantwortet. Ihr unnahbares, schweigsames Wesen schien jedes Gespräch unmöglich zu machen. Ich kam mir vor wie ein Leichnam, der von drei Totengräbern feierlich durch das Labyrinth einer sonderbaren Gruft zu jenem Thron getragen wird, der mir jener acherontischen Rangordnung gemäß zukam. Der seltsame Sitz der *Liga* zeigte sich mir in unvermuteter Gestalt.

Am Ende eines solchen Ganges befand sich eine Tür, über der meine Begleiter einen großen eisernen Schlüssel fanden; sie öffneten und baten mich, einzutreten. Der Raum schien ein Vorzimmer zu sein, und in jeder der vier Wände waren mehrere verkleidete Türen zu erkennen. An einem Schreibtisch saß eine kleine, leicht bucklige Frau mit kurzen Haaren. Die drei verschwanden und ließen mich mit ihr allein. Sie forderte mich auf, Platz zu nehmen und zu warten. Während ich da saß, öffneten sich die Türen der Reihe nach, und verschiedene Leute kamen heraus, fast alle in geflickten, aber neuen Kleidern aus hervorragenden Stoffen. Sie taten alle sehr geschäftig, traten bestimmt auf und gingen an mir vorüber, ohne mich eines Blickes zu würdigen, während sie der Frau einen sinnlosen, derben Gruß hinwarfen.

Stundenlang wartete ich, ohne zu wissen warum. Die Frau begann mir aus ihrem Leben zu erzählen und mir peinliche, intime Geständnisse zu machen, wie man sie sonst nur sehr nahestehenden Menschen macht. Von Zeit zu Zeit verschwand sie hinter einer der verkleideten Türen, um nach

wenigen Minuten, beladen mit Papieren, zurückzukommen, die sie dann in einem grauen Metallschrank verstaute.
Anfangs versuchte ich von ihr zu erfahren, wer mich vorgeladen und wie lange ich noch zu warten hätte, aber ich erhielt so zweideutige Antworten, daß ich darauf verzichtete, weiter in sie zu dringen. Bald wurde ich gleichgültig. Ich saß auf einem Stuhl, lauschte ihren Geschichten, blickte starr auf den Boden, auf einen rot, gelb, grün und violett gemusterten Teppich, und war mir dabei so fremd, daß ich dort Tage, ja vielleicht Jahre hätte verbringen können, glücklich darüber, daß meine Existenz von keiner Neuigkeit gestört war, daß nichts meine Lethargie und Trägheit bedrohte. Ich beachtete gar nicht mehr die Leute, die einer nach dem anderen herauskamen und ungeduldig und wichtigtuerisch an mir vorbeigingen, bis einer von ihnen meine Blicke auf sich zog und mich aufmerken ließ. Es war der jüngere der beiden Juden, die ich gefesselt im Arbeitszimmer des Professors gefunden hatte. Sein Gesicht mit den feinen Zügen ließ ihn mich trotz der schmutzigen Kleidung erkennen, die ihn entstellte.
Ich glaube, wir erkannten uns gegenseitig, plötzlich und gleich überrascht. Seit damals hatte ich ihn nicht mehr gesehen und seine Spur verloren, aber er schien etwas von meinem Schicksal zu wissen, denn er blieb für einen Augenblick stehen und flüsterte mir zu: *Mein Vater ist zu den Ahnen gegangen. Bald, mein Freund, wirst du bei mir sein. Und nicht zu deinem Vorteil.*
Die Frau am Schreibtisch begann feindselig zu murren und stieß wirre Drohungen aus. Der junge Jude rief ihr mit unnatürlicher Stimme jenen sinnlosen Gruß zu und entfernte sich rasch. Im selben Augenblick stürzte sie sich auf mich, nahm mich am Arm und führte mich unter obszönen Liebkosungen zu dem Raum, aus dem der Jude gekommen war. Sie öffnete die Tür und schob mich hinein.
Ich hatte nicht die nötige Muße, die Einrichtung des Zimmers zu betrachten, weil die Person, die mich erwartete, meine ganze Aufmerksamkeit in Anspruch nahm; ich weiß nur, daß es ein riesiger Raum war, weil ich sehr weit gehen mußte, bis ich vor den großen, schweren Schreibtisch gelangte, der in dem gleichen schreienden Rot wie die grob-

gezimmerten Schränke in meinem Zimmer im Haus des Küsters gestrichen war. Dahinter saß auf einem hohen schweren Stuhl der übliche Gestrenge und sah mich ernst an. Er glich den anderen Gestrengen, die mich am Sitz der *Liga* empfangen hatten, so sehr, daß ich in ihm kaum den alten Professor erkannte, den ich seit dem Tage nicht mehr gesehen hatte, an dem er sich als Lakai betätigt hatte.
Die Begegnung war mir widerlich. Ihm aber nicht. Als wäre alles selbstverständlich, erhob er sich, nahm mich um die Schultern und führte mich im Zimmer auf und ab, wobei er in recht oberflächlicher Weise von den großen Aufgaben sprach, die mich erwarteten, weil die Verdienste meiner bisherigen Tätigkeit von den Vorgesetzten richtig bewertet worden seien. Ich empfand schon seit geraumer Zeit eine dumpfe Beklemmung, wenn ich solche Worte hörte; immer wenn man mir von meinen Verdiensten sprach, dann erwarteten mich unerfreuliche Dinge, dann stieg ich eine weitere Stufe auf dem Weg des Elends und des Untergangs hinab. Was konnten diesmal seine Worte bedeuten? Sichtlich doch etwas ganz anderes, als sie zu besagen schienen, aber was, das war mir unbegreiflich.
Erst nachdem er *»die Herrschaften«* erwähnt hatte und die wichtige Rolle, die mir im Rahmen der Wache – wie er sich ausdrückte – im anderen Zimmer des Küsterhauses zukam, da wußte ich, daß ich endlich Gelegenheit haben würde, in das Geheimnis jenes vormals beobachteten Tuns eingeweiht zu werden. Die Unruhe, die mich überkam, rührte von der Vorahnung, daß der Sinn jener Praktiken ein ganz anderer war, als ich damals vermutet hatte, wo ich noch zu wenig wußte und noch nicht über die Schwelle der vielfältigen Erfahrungen von später geschritten war. Es war die Unruhe vor der Veränderung – und keine Veränderung konnte sich zu etwas Besserem fügen.

XXVI

Der Abend kam plötzlich. Die Dunkelheit, die Nacht und die Sorge, zu spät zum Friedhof zu kommen, lasteten auf mir, als mein falscher Bruder bei mir eintrat. Er war nicht mehr überschwenglich und gerührt wie bei unserer ersten

Begegnung, sondern ernst, zurückhaltend und feierlich. Er beglückwünschte mich, beinahe in hochoffizieller Weise zu den mir anvertrauten Aufgaben und versicherte mich, daß auch er sich, sobald er meine bisherige Tätigkeit übernehme, bemühen werde, meines Vorbilds würdig zu sein und die bemerkenswerten Erfolge fortzusetzen, um derentwillen die Führer mich schätzten. [So hatte ich also den Posten am Friedhof verloren.] Er nahm meine Kleider und ließ mir ein Bündel, aus dem ich, nachdem er gegangen war, einen schwarzen, abgetragenen, schmutzigen Anzug, einen schmierigen Hut und ein Paar Schuhe nahm, die so abgetreten waren, daß man ihren einstigen lackledernen Glanz nicht vermutet hätte.

Früher hätte ich solch altes Zeug angeekelt auf den Mist geworfen. Aber jetzt war ich ein anderer. Ich zog es mechanisch an. Als ich fertig war, schlich sich ein Schatten in mein Zimmer: die ehemalige Tänzerin, mit der ich früher einmal gelebt hatte, blickte mich mit lächelnder Unverschämtheit an. Sie hatte nichts mehr von ihrer üblichen Unterwürfigkeit. Sie war gekommen, mich zu dem einzuladen, was sie die *Nachthochschulen* nannte, nahm mich an der Hand und ging mit mir durch das Vorzimmer, wo mir der Küster einen Groschen in den Hut warf, den in der Hand zu tragen ich mich ertappte. Dann betraten wir das Nebenzimmer.

Es war viel größer, als es mir seinerzeit am Fenster erschienen war, und voll von Leuten. Beim Licht einiger übelriechender Talgkerzen erkannte man auf den Betten Frauen, gefesselt, das Gesicht nach unten, andere in spärlicher Kleidung, die auf und ab gingen. Ich erkannte auch den Staatsanwalt [der zwischendurch Portier geworden war und schließlich, dank einiger der *Liga* erwiesener wichtiger Dienste, seinen Posten wiedererlangt hatte]. Er trug ein großes Holztablett umher und bot allen Anwesenden ein undefinierbares Getränk an; ich konnte seinem unterwürfigen Drängen nicht entgehen und mußte zugreifen wie die anderen.

Am Rande saßen auf Stühlen zwei ehemalige Totengräber, jene, mit denen ich mich im Gasthof am Abend vor ihrem Verschwinden angefreundet hatte. Ich entdeckte sie voll Freude und wandte mich mit einem Gruß und der Frage an

sie, wo der dritte sei. Sie blickten mich betreten an und antworteten wie aus einer Kehle: *Du scherzest, Freund! Welcher dritte? Der dritte bist du, das weißt du nur zu gut . . .*
Verwirrt setzte ich mich auf den leeren Sessel daneben, und in diesem Augenblick begann der Staatsanwalt ein Exposé über die Vollkommenheit der Gesetze der Demütigung zu verlesen, wobei er sich von Zeit zu Zeit Zustimmung heischend unterbrach. Ich war nicht imstande, seinen Phrasen zu folgen, und versuchte leise, ein Gespräch mit den Totengräbern zu beginnen. Aber ich erhielt keine Antwort auf meine Fragen. Die beiden schienen in Wahrheit andere zu sein, nur ihre Gesichter glichen jenen der Totengräber. Und das Schicksal des dritten würde, soviel ich begriff, für immer ein Geheimnis bleiben. Der Gedanke, daß gerade ich seinen Platz einnehmen sollte, ließ mich erschauern, und plötzlich begann ich, ohne es zu wollen, den Unsinn des Staatsanwalts zu billigen.
Als sein Vortrag zu Ende ging, war die Begeisterung allgemein. Dann begann man die gefesselten Frauen auszupeitschen, die ehemaligen Totengräber und ich schickten uns an, mit einigen von ihnen zu schlafen, und abermals wurde uns jenes undefinierbare Getränk gereicht . . . Völlig berauscht oder verblödet fand ich mich nach geraumer Zeit auf dem Boden neben der Tänzerin wieder, die mir Bruchstücke des Vortrags und sinnlose Parolen ins Ohr flüsterte, während sie sich bemühte, mich mit ihren fleischlosen Schenkeln zu umfassen und von meinem bedauernswerten Zustand zu profitieren.
Der Staatsanwalt – im Abendanzug aber nackt vom Gürtel abwärts – schlich auf Zehenspitzen zwischen Stühlen und Betten umher, hielt eine Hand vor sein Geschlecht, erteilte Ratschläge und versuchte, eine Atmosphäre von mystischer Leidenschaft aufrechtzuerhalten, indem er sich von Zeit zu Zeit vor der Büste in der Ecke verneigte, auf die das schwache Licht einer erlöschenden Talgkerze fiel. Vor dem Einschlafen beobachtete ich ihn beim Versuch, sich einer der gefesselten Frauen zu bedienen, während seine Blicke unruhig durch das Zimmer glitten.

XXVII

Meine neue Beschäftigung erschien mir noch demütigender, noch unerträglicher als das, was ich bisher getan hatte. Am Anfang bedrückte mich der Gedanke an die Nacht wie ein unsichtbarer Stein, und während ich die mir zugewiesenen Kleider überzog, kam ich mir vor wie ein zu sinnloser Folter Verurteilter. Aber mit der Zeit veränderte sich meine Stimmung in unerwarteter Weise, und ich wurde mir der Bedeutung meiner Rolle für die neue Ordnung der Stadt bewußt. Ich eignete mir die Redeweise, die Reaktionen, das ganze Verhalten jener Leute an, die sich Abend für Abend im benachbarten Zimmer versammelten, und ich empfand sogar heimliche Befriedigung, als mir die Erklärung der Behauptungen des Vortragenden viel besser gelang als den anderen.
Nur der Umstand bedrückte mich, daß ich Sinn und Zweck dieser Praktiken nicht kannte, und besonders meine Befürchtung, darin der einzige zu sein. Daher redete ich stets in zweideutigen Worten und suchte den Eindruck zu erwecken, daß auch ich eingeweiht sei, daß ich mich im Innern der Dinge aufhalte, wie einer, der berufen ist, sich für ihren guten Fortgang einzusetzen. Aber die Haltung der anderen gab mir keinen Aufschluß. Sie waren alle so verschlossen, daß sie sich selbst nicht mehr hätten finden können.
Die ehemalige Tänzerin schien mit der Zeit eine bedeutendere Rolle zu spielen – und ich war der Meinung, daß sie uns alle befehligte. Als ich eines Nachts unabsichtlich einer Szene zwischen ihr und dem Staatsanwalt beiwohnte, war ich vollends überzeugt. Es war spät, die ausgepeitschten Frauen schliefen, die ehemaligen Totengräber waren neben mir auf den Stühlen mit hohen Lehnen eingeschlafen, einige häßliche, magere, kurzgeschorene und in Lumpen gehüllte Frauen, die mit dem grünen Tannenreisig hantiert hatten, waren wie erregte, armselige Vestalinnen um die Büste versammelt, eng umschlungen, an die Mauer geklebt, mit dem Rücken zu den übrigen. Entweder waren sie im Stehen eingeschlafen oder in eine Ekstase verfallen, die überwältigender war als der Schlaf. Die Lampe unter der Büste war das einzige noch leuchtende Licht und flackerte vage in der Luft, die vom Rauch, vom ekelhaften Geruch und vom Geist der Begierde vergiftet war. Die ehemalige Tänzerin glitt von

einem der Betten und zog den Totengräber zu meiner Rechten an sich. Während sie sich mit ihm paarte, löste sich der Staatsanwalt aus einer Ecke, näherte sich ihnen und flüsterte ihnen etwas zu, was wie eine Zurechtweisung klang. Sie aber lockte ihn mit einer Bewegung des Zeigefingers näher zu sich. Ich weiß zwar nicht, was sie ihm sagte, aber ich sah, daß er sich sogleich erhob und ihr gewissenhaft beipflichtete, sich in sein Gewand hüllte und auf Zehenspitzen zurück zu seinem Platz begab.

Mich aber begann sie allmählich und ohne ersichtlichen Grund zu meiden. Und so wurde ich zu einem Statisten, der Nacht für Nacht wie ein unbeseeltes Objekt an allen Unternehmungen teilnahm. Meine Niedergeschlagenheit nahm daraufhin noch zu, vor allem aber deshalb, weil der Versuch, eine Erklärung von der ehemaligen Tänzerin zu bekommen, vollkommen mißlang. Ich hatte beschlossen, ihr am Tage nachzugehen, um ihr vor der Schwarzen Kirche entgegenzutreten, wo sie einen Augenblick den Bestattungszeremonien beiwohnen wollte. Ich fragte sie reichlich ungeschickt nach den Gründen für meine Isolation. *Dir, mein Freund*, antwortete sie mir, *hat man eine der bedeutendsten Aufgaben zugewiesen. Und du entsprichst völlig den hohen Erwartungen. Wir alle folgen dir und erwarten von dir Zuspruch und Unterweisung.* Zum ersten Mal auf jenem langen Weg des Elends, den ich, mehr und mehr verloren, in einem ausweglosen Labyrinth zurückgelegt hatte, kam ich wieder voll zu Bewußtsein, und der Gedanke, um jeden Preis nach einem Ausweg suchen zu müssen, regte sich in mir.

Ich blieb draußen in der Kälte des Winters und machte mich auf den Weg zum Meer. Der leere Strand, die Ruinen der Befestigung unter den Schneewehen, die Öde und Widerwärtigkeit fielen über mich her. Was tue ich, wohin gehe ich, niemand ist um mich, alle sind in ihren Häusern eingeschlossen, in den Zimmern, in denen sie schlafen oder arbeiten. Wie aus einer Höhle kehrte ich aus diesen Verstecken zurück, die unerkannt in mir zu tragen ich niemals erwartet hätte. Die Idee eines Auswegs war der erste Lichtstrahl, den ich nun nach langer Agonie erblickte. Sein Bild verfestigte sich unter dem vereinigten Zeichen jener Dreifaltigkeit von Flucht, Gefängnis und Tod. Da ich um meine Unfähigkeit wußte, mir den Tod zu schenken, kreisten meine Gedanken um die beiden anderen Möglichkeiten; und vor allem die Flucht erschien mir wie ein Stern, dessen Spur ich sein sollte in der Anbetung der Einsamkeit und des Geheimnisses.

Diesmal war ich überzeugt, daß keine Macht der Welt mich zurück an Land bringen könnte, wenn es mir glückte, an Bord eines fremden Schiffes zu gelangen. Ich vermißte meine früheren Attribute als Totengräber, die es mir vielleicht erlaubt hätten, noch einmal zum Kai am Leuchtturm zu kommen, wo ich damals das prächtige ausländische Schiff gesehen hatte.

Aber es war spät. Die Menschen waren über einen unbekannten Styx in eine andere Welt geschritten, wo sich ihre neue Existenz formte und wohin auch ich unabsichtlich durch ein langsames und kaum merkliches Versinken gelangt war. Vielleicht gab es niemand mehr, der ähnliche Gedanken hegte, vielleicht war ich der einzige, dem es gelang, einen Rest seines eigenen Lebens verborgen zu halten, gerade so viel, als ihm von Nutzen sein konnte als Maß der Dinge . . . Vielleicht war ich der einzige Entartete, das einzige Ungeheuer . . . Und selbst wenn es noch andere gegeben hätte, so waren sie doch verschollen. Wie Schemen zog es an meinen Augen vorbei. Meine ehemalige Wirtin, die beiden Juden, der Totengräber, dessen Platz ich bei den *Herrschaften* eingenommen hatte . . . Wer weiß, wohin sie gelangt sein mochten, vielleicht in ihre eigene Welt, in die andere Welt . . . vielleicht lebten sie nur noch in der Vergangenheit, mit der mich eine Sehnsucht verband, die mehr ist als Verstehen und Liebe, eine zeitlose und leblose Sehnsucht.

Warum aber ist niemand draußen? Ich selbst war schon lange nicht mehr zum Strand gegangen, erst jetzt fiel es mir auf, daß ich seit sehr langer Zeit nicht mehr meine gewohnte Bahn zwischen Schlaf und Arbeit verlassen hatte, um in Einsamkeit diese harte Luft des Winters, des Meeres und des Horizonts zu atmen . . .

Es begann zu schneien, und der Wind trieb die Flocken leicht vor sich her und wehte über die Fläche der harten und toten Schneeschichten. Eine Krähenschar flog steil herab und vorbei, sie berührten mich fast mit den Flügeln, als wäre ich ein

Aas, auf dem sie sich niederlassen wollten. Gefühl des Nichtseins. Lebendiger, heftiger, schwärzer als je. Ich bemühte mich, neu geboren zu werden, mich aus dem Nichts herauszuschälen, das mein Leben geworden war, ein monotones Verfließen trügerischer Tage und Nächte.
Ich ging um die zerstörte Bastion herum. An der dem Meer zugewandten Seite fand ich mich plötzlich vor einem unerwarteten Kollektiv: Der Eklige unterhielt sich mit seinen Schülern, die auf großen Schneebällen saßen. Mit einer Geste, halb Gruß halb Einladung, riefen sie mich und hießen mich niedersetzen – und so erfuhr ich, was sich mit ihnen seit unserer letzten Begegnung zugetragen hatte.

XXVIII

Sie hatten jedes Interesse für die Bildhauerei verloren und waren schon lange nicht mehr in meinem früheren Atelier gewesen, wo sich nun, wie sie berichteten, irgendwelche Geheimarchive befanden. Sie waren zahlreicher als früher – die meisten waren aber erst in der letzten Zeit zu ihnen gestoßen –, und sie schienen verwirrt, niedergeschlagen, von Zweifeln und Unruhe geplagt. Der Zwitter fehlte. Sie sagten mir, er sei von der *Liga* mit einem Amt betraut worden und habe nun große Aufstiegsmöglichkeiten vor sich, seitdem er ostentativ ihre Gruppe verlassen hatte. Der Eklige unternahm verzweifelte Versuche, die Leute fest in der Hand zu behalten: Es war klar, daß sein Prestige sehr rasch im Schwinden begriffen war, und jeder einzelne schien allein, gleichgültig und ermüdet von den Heimsuchungen und Enttäuschungen.
Sie erzählten mir, der Keller des Gerichtsgebäudes sei ihnen als Wohnung zugewiesen worden, und ihre einzige Verpflichtung sei es, sich bei verschiedenen Prozessen lautstark zu entrüsten und dem Volkszorn Ausdruck zu verleihen. Aber diese Arbeit war anstrengend, weil die Reihe der Prozesse kein Ende nehmen wollte, und nur selten hatten sie Gelegenheit, befreit aufzuatmen. Der Eklige gab sich alle Mühe, sie zu begeistern, indem er ihnen von der Bedeutung ihrer Rolle im Rahmen der Sozialjustiz sprach, von ihrem Leben als Form einer permanenten Revolte, indem sich der Geist

den großen Zyklen der Geschichte unterwerfe, und er zitierte die Worte eines alten Philosophen im Zusammenhang mit der dynamischen Existenz und der Ablehnung der Verdammung.

Aber seine Worte verwehten zusammen mit den kleinen Flocken, die über den gefrorenen Schnee trieben, und niemand schien ihm Aufmerksamkeit zu schenken. *Gib mir die Flasche, Chef,* unterbrach ihn brutal einer der Zuhörer, *ich verliere meine Stimme*! Der Eklige gab sich ruhig und freundlich, suchte unter den Lumpen, die seinen Körper bedeckten, zog schließlich eine flache, grünbemalte Flasche aus Holz hervor und reichte sie dem, der danach verlangt hatte. Der Reihe nach tranken alle daraus und reichten sie auch mir. Es war ein starker, ordinärer Schnaps aus türkischem Kürbis und roch nach Rauch und Lauge. Sie betranken sich allmählich, während der Eklige unruhig wurde. Er berichtete von einer wichtigen Besprechung am Sitz der *Liga,* wo er die Unabhängigkeit des Denkens im Namen der ganzen Gruppe bekräftigen sollte, erhob sich und ging. Zwei seiner Schüler begleiteten ihn. Wahrscheinlich seine Leute.

Die anderen warfen ihm trübe und feindselige Blicke nach und ließen die Flasche kreisen. Sie wurden nun mitteilsam, beschimpften den Zwitter und gaben mir zu verstehen, daß der Eklige und die beiden Begleiter Komplizen seien und etwas im Schilde führten. *Nur wir werden frei bleiben, bis wir vor Hunger krepieren und auf dem Katafalk in der Schwarzen Kirche landen, wo sie uns dann die Totenmesse lesen werden, diese Schufte, diese Feiglinge, diese Streber!* rief einer mit dünner greller Stimme. Ein beifälliges Geschrei erhob sich. Erst als ich ihn aufmerksam ansah, bemerkte ich, daß es ein Mädchen war, und daß es unter ihnen noch weitere Mädchen gab, die wie Männer gekleidet und frisiert waren.

Sie waren blutjung, einige noch halbe Kinder und hatten grimmige, düstere, feindliche Gesichter. Sie erhoben keine anderen Ansprüche außer dem Recht alles abzulehnen: *wir sind ohne Eltern, wir sind Produkte der Maschinen zur Kindererzeugung, und wir halten für jede Gesellschaft nur ein einmütiges und großartiges Ausspucken bereit . . . wir wollen nichts von dieser Gesellschaft von Küchenschaben . . .*

wir werden sie nicht fortsetzen, wir werden nicht die emsigen Nachfolger der Familienmaulwürfe sein . . . das waren ihre Wahlsprüche, und dem Ekligen gelang es nicht mehr, sie zu verhüllen und im Sinn seiner dunklen Interessen zu verwenden.

Seine verlogene Agitation wurde nun in unvorhersehbarer und für die *Liga* unangenehmer Weise bezahlt; er war, wie ich vermutete, von Anfang an deren Agent gewesen – und jetzt bereitete er sich darauf vor, sich von seinen Schülern zu trennen und sie dem Alkohol, dem Chaos und der Verzweiflung zu überlassen. Andererseits begriff ich, daß viele ihm später folgen und ihre Gefährten verraten würden, um allmählich zu Geschöpfen der Liga zu werden, so daß schließlich in ihrem unglückseligen Lager nur noch die naivsten und reinsten, die vorbestimmten Opfer übrigblieben. Dieser Gedanke brachte sie mir nahe und trieb mich dazu, gemeinsam mit ihnen den ziellosen Weg der Enterbten anzutreten, zu denen ich mich immer schon gezählt hatte.

Und ich wäre tatsächlich losgezogen, wenn da nicht meine Unfähigkeit gewesen wäre, der Einsamkeit Trotz zu bieten. Ich wäre ihnen ein idealer Führer gewesen, das wüßte ich nur allzu gut, ich hätte sie der liederlichsten Existenz entgegengeführt, unter dem Banner eines enormen und unbezwinglichen Nein, das auch an uns selbst gerichtet war; ich hätte in ihnen ohne Mitleid jede Andeutung einer Versuchung der Bequemlichkeit und der Sicherheit vernichtet und hätte ihren Grimm bis zum Siedepunkt gesteigert, diesen Grimm von Fanatikern des Nichts, der einzigen Gottheit, zu der man auf dieser Erde noch beten konnte. Vielleicht hätten sich die Dinge vollkommen geändert, vielleicht hätten sie einen anderen Lauf genommen, und die sternenlose Nacht, die uns überwältigte, hätte vielleicht wenigstens die Erinnerung an einen Kometen bewahrt.

Das empfanden auch sie, weil sie lebendig waren – wie unbesonnen ihre Zügellosigkeit auch sein mochte und ihr sinnloses Leben, das sie in seinen Mahlstrom gerissen hatte. Sie waren lebendig geblieben, sie waren innen noch nicht verfault, und was in mir noch lebendig war, mußte sie ansprechen. Einen Augenblick fühlte ich das Blut in mir kochen; ich nahm einem von ihnen die Flasche aus der Hand,

hob sie in die Luft und rief: *Ich liebe euch, weil ihr lebendig sied! Elend bis ins Mark sollt ihr sein, wenn eure Unschuld, in dieser nutzlosen Existenz ein Gegengift gegen die Auszehrung findet. Ekeln soll euch vor den schönen Worten – diesen Bazillen des Stumpfsinns! Spuckt sie aus! Lebt nur in einem giftigen Medium, damit die Würmer, die sich zwischen euch winden, zugrunde gehen! Und ihr selber sollt ebenfalls zugrunde gehen, wenn ihr zu Würmern werdet!*
Ein wahnsinniges Gebrüll begleitete meine letzten Worte. Ein Gebrüll von schwarzer und vergifteter Begeisterung, mit der die Schüler des Ekligen meinem Trost beipflichteten. Ich nahm die Flasche an den Mund, trank durstig und gab sie dann den anderen weiter, die sie in wenigen Augenblicken leerten. Wir waren alle betrunken. Manche zogen unter ihren Lumpen kleine Gitarren hervor und begannen, wilde Melodien zu spielen, begleitet von rhythmischen Schreien. Im dünnen Wind, der die Flocken aufwirbelte und die unwirklichen Spuren verwischte, im gleichmäßigen unablässigen Rauschen der Wellen hatten diese Lieder etwas von einem absurden und zwecklosen Fegefeuer . . . bevor wir uns häuteten wie die Schlangen, bevor wir Gestalt und Sinn verloren, bevor wir uns auflösten in der bösen Unterwelt, die ihr Reich verkündete.

XXIX

Trotz meiner Betäubung drang plötzlich das Geräusch von Schritten auf dem gefrorenen Schnee an mein Ohr. Ich erschrak und horchte. Es war kein gewöhnlicher Gang, vielmehr vereinzelte Schritte, als ob uns jemand hinterhältig aus nächster Nähe beobachtete.
Ringsherum war niemand zu sehen. Der Strand war verlassen, und auf der weithin verschneiten Fläche sah man nur die Mauern der Schwarzen Kirche – niemandes und aller Grab, eine Burg, in der wir einer nach dem anderen überfallen und besiegt werden sollten. Das Geräusch ließ nach. Ich erhob mich und ging um die zerstörte Bastion, aber ich sah keine menschliche Spur im Schnee, der von einer dünnen Decke Neuschnee bedeckt war. Und doch konnte mein Gehör mich unmöglich täuschen.

Hinter mir kamen einige meiner Zufalls-Gefährten. Auch sie hatten etwas gehört, und einer schlug vor, an einer niedrigen Stelle über die Mauer zu steigen und zu versuchen, ins Innere der Bastion vorzudringen. Wir trugen Schnee zusammen und türmten ihn hoch genug auf, um leicht auf die Mauer zu gelangen. Als ich auf der anderen Seite hinuntersprang, hörte man ein dumpfes Geräusch wie von einer eilig zugeschlagenen Tür, obgleich in den äußeren Mauern der Bastion keine Öffnung zu entdecken war. Der Innenhof aber war voll von frischen Spuren, ein Zeichen, daß jemand kurz vor unserem Eindringen hier gewesen und nun verschwunden war. Etwas aber hatte er vergessen: In einer Ecke entdeckten wir einen Brotsack, voll von winzigen, eigroßen Büsten aus Gips, die den Kopf jenes allgegenwärtigen Idols darstellten. Für mich gab es in diesem Augenblick keinen Zweifel mehr, daß der Eklige seine Jünger absichtlich an diesem Orte zu versammeln pflegte, um sie den Spitzeln auszuliefern, die sie aus dem Versteck im Inneren der zerstörten Bastion überwachten. Es war mir unbegreiflich, wohin sie so schnell verschwunden waren.
Der Abend begann seine Schatten immer tiefer in den Innenhof der Bastion zu werfen, und niemand hatte eine Lampe bei sich. Einer der Jünger hatte begonnen, auf der Stelle zu treten, um sich zu wärmen, und alle bemerkten, daß der Schnee unter seinen Füßen seltsam und beinahe hohl klang. Wir schoben ihn zur Seite, und zu unser aller Überraschung kam eine kleine metallene Platte zum Vorschein, eine Art Falltür, die sicher in ein unterirdisches Gelaß führte. Aber ohne Licht war es nicht möglich, den Zweck dieser Falltür zu erforschen, und ich beschloß, aus meiner Behausung Talgkerzen zu holen. Die anderen sollten auf mich warten; die einen innerhalb der Bastion, die anderen draußen vor den Mauern.
Als ich nach etwa einer Stunde mit den Kerzen zurückkam, fand ich niemand mehr bei der Bastion. Vielleicht hatten sie geglaubt, ich würde nicht wiederkommen. Ich stieg auf die Mauer, aber ich sprang nicht hinunter, weil auch der Innenhof verlassen war: Auch die anderen waren verschwunden. Nur einer war geblieben, der aus den Ecken die winzigen Gipsbüsten zusammentrug, um sie sorgfältig im Brotsack zu

verstauen. Soviel ich in der inzwischen eingetretenen Dunkelheit sehen konnte, schien er klein und gedrungen und ähnelte mit seinem großen Kopf und seinen langen Armen keinem von denen, die mit mir in die Bastion eingedrungen waren.
Ich blieb reglos auf der Mauer stehen und beobachtete ihn, um zu erfahren, wie die Falltür zu öffnen sei, denn ich war überzeugt, einen Fremden vor mir zu haben, der aus dem unterirdischen Gelaß gekommen war. Der Kerl hatte es offenbar nicht eilig. Er sammelte alle Büsten und hing sich dann den Brotsack um den Hals, um beide Hände frei zu haben, und begann – als wüßte er nichts von der Falltür – etwa dort, wo ich stand, über die Mauer zu klettern.
Sogleich ließ ich mich hinuntergleiten, um mich auf der anderen Seite der Bastion zu verbergen und ihn zu beobachten, wie er von der Mauer stieg und sich langsam in Richtung der Schwarzen Kirche entfernte. Ich fragte mich, ob er mich erspäht habe, weil er es vorzog, die Mauer zu erklimmen, statt in das unterirdische Gelaß zu steigen, oder ob er vielleicht so gekommen war, wie er nun ging – das war eine der Fragen, die mich begleiteten, während ich ihm aus sicherer Entfernung folgte, bis er im Schatten der massiven, düsteren Kirche verschwand.
Der Schneesturm hatte zugenommen. Ein bitterer Geschmack war mir im Mund geblieben nach meinem Abenteuer mit den Jüngern des Ekligen, mit den seltsamen Spitzeln, die uns belauerten, und mit der unerwarteten Wendung, die von neuem den falschen Bruder meinen Weg kreuzen ließ. Und nun folgte abermals das Ritual der *Nachthochschulen,* denen ich wie ein Verurteilter entgegenging. Mein einziger Trost war der wahnwitzige Gedanke einer Flucht, und diesen Gedanken trug ich in letzter Zeit wie einen Talisman mit mir herum. Als ich zur Schwarzen Kirche kam, fand ich sie von Bettlern umstellt, die mit Stökken und unter ihren Lumpen verborgenen eisernen Brechstangen bewaffnet waren – ein Zeichen dafür, daß eine der führenden Persönlichkeiten gestorben war. Mein falscher Bruder verteilte die winzigen Büsten, und die Bettler begannen sogleich, sie abzulecken; ich begriff, daß sie aus Zucker und nicht aus Gips gefertigt waren, wie ich ursprünglich an-

genommen hatte. Die Dinge wurden immer komplizierter, und all das, was rings um mich geschah, wurde mir immer fremder. Dieses Dasein am Rande, zu dem ich von den allerhöchsten Mächten gezwungen war, konnte mich nicht zum Guten geleiten.

XXX

Mehrere Nächte hindurch beachtete mich trotz meiner Anwesenheit beim Ritual im Nebenzimmer niemand. Man sah über mich hinweg, als ob es mich nicht gäbe, und sogar die vorgeschriebenen Interventionen wurden mir diskret verweigert. Ich schrieb all dies meiner veränderten Gesinnung und meiner verborgenen, mich stets begleitenden Absicht zu, und ich fragte mich, wie sie es wohl herausbekommen hätten, da ich doch niemand davon erzählt hatte. Diese Ungewißheit ließ mich nicht zur Ruhe kommen und umgab mich mit einem Netz düsterer Vorahnungen. Nur der Küster war weiterhin aufmerksam und unterwürfig, suchte mehr als je meine Gesellschaft, scharwenzelte ständig um mich herum, überhäufte mich mit sinnlosen Lobpreisungen, die im Geist der neuen Sprachregelung formuliert waren, und erbot sich, mir allerlei Dienste zu erweisen. Er nahm aber nicht an den *Nachthochschulen* teil, und sein sichtbares Wohlwollen verdrängte nicht mein Gefühl, unter Quarantäne zu stehen.
Ich kam für einen Augenblick wieder zu Kräften, als mir eines Nachts die Putzfrau, der ich seit langem nicht mehr begegnet war, mit einiger Herzlichkeit entgegentrat. Ihr Kommen hatte bei allen Teilnehmern große Begeisterung erweckt, und sie verliehen ihrer Freude darüber Ausdruck, welche Ehre ihnen durch ihre persönliche Teilnahme bei der Erfüllung ihrer Aufgaben erwiesen worden sei. Sie trug weder die eleganten Sachen, mit denen ich sie letztes Mal auf dem Vorgebirge gesehen hatte, noch die Männerkleidung jener Zeit, da sie hier arbeitete: Sie war in geflickte Tücher gehüllt, die jedoch aus einem teuren Stoff waren, wie ihn sonst nur die Gestrengen zu tragen pflegten. Sie sah sehr gut aus, hatte zugenommen und machte den Eindruck einer hübschen Frau, was meine Befriedigung, sie zu sehen, noch

vermehrte. Sie setzte sich neben mich und befahl, noch bevor der Staatsanwalt seine Ausführungen beendet hatte, die Lichter zu löschen, mit Ausnahme jenes unter der Büste. Ich sah im Geist die Möglichkeit vor mir, ihr Mitarbeiter zu werden und so auf das Vorgebirge zu gelangen, welches der ideale Platz für das Vorhaben war, das mich in letzter Zeit verfolgte. Im Halbdunkel des Zimmers rückte sie noch näher an mich heran, warf ihre Tücher zu Boden und bot mir ihren Busen mit den großen Brustwarzen dar, während ihre Hände mich unter meinem Anzug langsam und werbend abtasteten. Als ich mich anschickte, mich mit ihr auf den zu Boden geglittenen Tüchern zu paaren, kam plötzlich die ehemalige Tänzerin auf uns zu und flüsterte ihr mit unerhörter Schamlosigkeit etwas ins Ohr. Ihr Körper zuckte, sie löste sich von mir und begab sich, nackt wie sie war, zu einem der Betten, band die dort liegende Frau los und streckte sich an deren Stelle auf das Lager.
Der Staatsanwalt beendete sofort seinen Vortrag, nachdem er ihn merklich gekürzt hatte. Allgemeine Begeisterung breitete sich aus: Meine beiden, für gewöhnlich schweigsamen Kollegen, die ehemaligen Totengräber, sprangen auf und priesen die Kraft des persönlichen Vorbilds, die Tänzerin selbst nahm die Auspeitschung vor, was sie bisher nie getan hatte, und das Ritual nahm seinen Lauf in einer Atmosphäre allgemeiner Ekstase. Nur ich setzte mich wieder auf meinen Stuhl, stützte den Kopf in die Hände und war betäubt und unfähig mich zu bewegen. Bis ich es nicht länger ertrug und versuchte, unbemerkt zu entkommen. Aber sobald ich die Tür öffnete, zogen mich zwei kräftige Bettler wieder zurück, und ich war gezwungen, bis zum Ende durchzuhalten und der schwärzesten Erschöpfung und Mutlosigkeit anheimzufallen.
Seit jener Nacht waren die *Nachthochschulen* eine schreckliche Qual für mich geworden. Ich empfand mich als Aas, als unbestatteter Toter, den der Morgen zu neuem Leben erweckt, damit ihn der Abend von neuem töte. Aber ich mußte mich an alles gewöhnen und alles in meinem Inneren besiegen, wo der Gedanke der Flucht, der endgültigen Befreiung wie ein grausames Trugbild festsaß.
Kurz darauf mußte ich abermals umziehen: Eines Abends

erschienen drei elegante Herren, und der Küster teilte mir mit, daß die führenden Kreise von meiner Geste, dem Bruder die frühere Wohnung zu überlassen, sehr beeindruckt wären und mir eine andere Wohnung zum Zeichen ihrer Fürsorge und Wertschätzung zugewiesen hätten. *Die Wohnung entspricht den neuen Aufgaben, die dich erwarten.* Nachdem sie einen Teil meiner Sachen, wie sie es nannten, zusammengetragen hatten – denn der Küster hatte ihnen mitgeteilt, daß ich den Rest zusammen mit dem Zimmer meinem Bruder überlassen hätte –, machten sie sich auf den Weg; ich folgte ihnen. Ich gab mir nicht mehr die Mühe, sie zu fragen, wo ich in Zukunft wohnen sollte. Es war mir gleichgültig geworden. Und die Nachricht von meinem neuen Posten nahm ich sogar mit heimlicher Freude entgegen.
Ich wurde in der Schwarzen Kirche untergebracht. Das Bett und einen der roten Schränke stellten sie nahe der Kirchentür in eine seitliche Nische, vor der ein zerrissener Vorhang aus altem Plüsch hing, auf dem man noch die gestickten Wappen einer fürstlichen Familie erkennen konnte. Allein geblieben, öffnete ich den Schrank, um zu sehen, was sie mir großzügig überlassen hatten. Fast nichts von meinem Eigentum war in den Fächern – hingegen lagen dort zahlreiche Dinge, die mir niemals gehört hatten. Es erstaunten mich vor allem zwei priesterliche Ornate, die recht genau nach meinen Maßen zugeschnitten und, soviel ich sah, aus einer billigen Brokatimitation gefertigt waren, gefüttert mit schlecht gegerbtem Schafleder, das einen unangenehmen Geruch verbreitete. Ob sie wohl für mich bestimmt waren, der ich doch keinerlei Ausbildung für solche Aufgaben hatte? Es war unmöglich, ihren Zweck zu erkennen, ebensowenig den der vielen anderen Dinge, die sich im Schrank häuften. Ich wartete abermals auf die kräftigen Bettler oder auf die eleganten Herren in Abendanzügen, die mich zur feierlichen Salbung für meine neue Aufgabe vor den Gestrengen bringen sollten. Aber es war schon finster geworden, und noch immer zeigte sich niemand. Gehetzt und erschöpft nach so vielen Erlebnissen und Aufregungen, streckte ich mich auf dem Bett aus und schlief ein.

XXXI

Ich glaube, ich hatte nicht lange geschlafen, als mich eine Hand auf meiner Schulter weckte. Ich sprang aus dem Bett und blinzelte in das schwache Licht einer Lampe, die jemand in meiner Nische angezündet hatte: Vor mir stand niemand anders als der Küster. Ich hatte gehofft, ihn mit meiner Übersiedlung und mit den neuen Aufgaben, die mich erwarteten, loszuwerden, und die Begegnung mißfiel mir außerordentlich. Er stand lächelnd da, und sah mich an – er schien sich verändert zu haben. Freilich konnte ich dessen nicht sicher sein, denn er glich dem anderen vollkommen, und es war mir auch, um die Wahrheit zu sagen, noch nie gelungen, des Küsters belanglose Züge im Gedächtnis zu behalten. *Das ist nun die wichtigste Rolle, die man dir jemals anvertraut hat,* sagte er, indem er mir unterwürfig die Hand küßte. *Du wirst allen unseren Freunden, die uns für immer verlassen, einen letzten Gruß überbringen. Du wirst ihnen unser Bedauern aussprechen und unsere ganz besondere und allerletzte Wertschätzung, du wirst sie versichern, daß wir ihr Andenken immer pflegen wollen.* Er überreichte mir ein großes Buch mit schmierigem Einband, half mir, mein Ornat anzulegen und geleitete mich durch die Kirche bis vor den Altar, wo ein Toter zwischen Kränzen aus künstlichen Blumen lag, bedeckt von Bändern, die mit verschiedenen Losungen und Sprüchen bedruckt waren.

Dort gesellte ich mich zu den übrigen Priestern, die beim Kopf des Toten standen und leise aus Büchern wie dem meinen lasen. Die Worte waren im monotonen Gemurmel der Stimmen nicht zu verstehen. Der Küster verneigte sich zum Gruß, nahm einige Münzen aus der Tasche und legte jedem Lesenden eine aufs Buch. Er gab auch mir eine, denn ich hatte inzwischen ganz unbewußt das Buch irgendwo aufgeschlagen. Mir blieb nichts anderes übrig, als zu lesen und mich nach den anderen zu richten – was ich voll Scheu tat, weil ich nicht ahnte, wie weit sie schon mit ihren Gebeten gekommen waren.

Meine Befürchtungen erwiesen sich aber als grundlos: Das ganze Buch enthielt nur etwa zehn Sätze, die unendlich oft wiederholt wurden. Ich weiß nicht, welche Bedeutung sie hatten, weil meine Gedanken nicht beim Gebet waren, und

daher in meinem Gedächtnis nur einzelne Wörter haften blieben: *tiefe Lehre, Umkreisung, Granit, Gesänge, Stufen, Organisation, Wurzeln* und einige andere.
Meine Gefährten waren alle sehr alt, und ihre Gesichter kamen mir bekannt vor. Sie hoben ihren Blick nicht von den Büchern und vertieften sich in die Gebete, als ob jeder für sich allein wäre. Was sie lasen, blieb unverständlich wegen ihres Alters und wegen ihrer fast völlig fehlenden Zähne. Ich versuchte zu erraten, wer von ihnen der Höchste unseres Kollegiums sein konnte, aber niemand schien in irgendeiner Beziehung bedeutender als die anderen. Sie trugen die gleichen Gewänder wie ich, die gleichen Bücher lagen auf den gleichen Pulten, daneben standen die gleichen hölzernen, bronzefarben gestrichenen Kerzenleuchter. Bei dem undeutlichen Gemurmel konnte man auch die Stimmen nicht unterscheiden, und vielleicht waren im kargen Licht der Talgkerzen, in der riesigen und grabesähnlichen Wölbung der Kirche, der Nacht und des Winters sogar die Gesichter ganz gleich für die Stunde unserer erzwungenen Gemeinschaft.
Wir mußten die ganze Nacht bis zum Tagesanbruch beten, wenn wie üblich das Ritual der Bestattung begann. Dann waren wir frei, nach Hause zu gehen und uns nach anstrengender Arbeit zur Ruhe zu begeben. Denn die vielen Stunden des regungslosen und unablässigen Betens hatten eine schreckliche Müdigkeit zur Folge, die auch der Schlaf tagsüber, wie lange er immer sein mochte, kaum lindern konnte. Anfangs tröstete mich der lustvolle Gedanke, daß eines Tages niemand sterben und ich endlich Muße haben würde für eine Nacht ruhigen und tiefen Schlafs; für den Schlaf eines unbeseelten Klotzes, einen barbarischen Schlaf, der mir meine, in langen und erbarmungslosen Wachestunden verschwendeten Kräfte zurückgeben sollte. Ich hoffte, eines Abends beim Erwachen den Katafalk leer zu finden, die Fackeln gelöscht, die Kirche erdrückt in Finsternis – aber die Tage vergingen, und die Toten folgten einander unaufhaltsam, einer nach dem anderen, als ob sie selbst sorgfältig darüber wachen mußten, daß wir nicht pflichtvergessen unsere Nächte verschwendeten.
Dann gab ich das Warten auf.
Ich erinnerte mich an jenen Abend, als ich das Gesicht einer

Leiche betastet und erkannt hatte, daß es sich nur um ein Wachsmodell handelte. Und da begriff ich, wie trügerisch meine Hoffnung war. Falsch oder echt, es mußte Tote geben – und ein Tag ohne einen Toten wurde zu einer naiven Illusion. Die Nachahmungen waren so vollkommen, daß ich beim schwachen Licht der Kerzen nicht mehr erkennen konnte, ob im Sarg unter den künstlichen Blumen ein Mensch oder ein Ding von menschlicher Gestalt lag. Ich betete weiter, die Augen aufs Buch geheftet, noch lebloser als jene, über deren Tod wir wachten.
Ich hatte mich mit allem abgefunden und lebte nur noch im Gedanken an meine Flucht. Sogar mit meiner neuen Wohnung in einer Nische der Schwarzen Kirche hatte ich mich abgefunden, wo des Nachts, während ich meinen Pflichten nachging, ein Kerl schlief, der lautlos zu kommen und zu gehen pflegte. Eines Morgens gelang es mir dennoch, ihn in dem Augenblick zu überraschen, als er erwacht war und sich anschickte, im tiefen Dunkel des winterlichen Morgengrauens unterzutauchen. Es war der dritte Totengräber, der damals spurlos verschwunden war. Mager und asketisch, mit unstetem Blick, in dem noch ein Rest früheren Hochmuts glühte, schien er zu dieser unwahrscheinlichen Stunde, da kaum der Morgen angebrochen war, betrunken, als ob sein Schlaf mit alkoholischen Träumen getränkt worden wäre.
Wenn du mir versprichst, daß du vergißt, mich hier gesehen zu haben, flüsterte er mir in fremdartiger Stimme zu, *dann werde ich dich noch öfters hier besuchen . . . dann bist du noch nicht tot und wirst auch nicht allzubald bestattet werden.* Und ohne meine Antwort abzuwarten, sprang er aus dem Bett und verschwand. Aber ich hatte den Eindruck, daß meine greisen Gefährten, die stets einige Augenblicke nach mir ihre Gebete beendeten, ihren Kopf gewendet und ihn entdeckt hatten. Denn in der nächsten Nacht kamen ein paar kräftige Bettler und stöberten lange in der Kirche herum, ohne mir Fragen zu stellen und ohne den Fortgang der rituellen Feier zu stören. Der ehemalige Totengräber jedoch ließ sich geraume Zeit nicht mehr blicken.

XXXII

Frost und Schnee hielten Tage und Wochen an. Es schneite des Nachts und die Schatten des Schnees glitten geisterhaft über die hohen und dunklen Fenster der Kirche, die von der Niedertracht des Menschen und der Zeit entweiht worden war – in der kalten Ekstase einer Epoche des Zerfalls entschlafende Heilige ... Und am Tage ließ der Frost die Leere der Stadt erklingen, in der ich, nachdem ich mich an weniger Schlaf gewöhnt hatte, manchmal an der Wende vom Nachmittag zum Abend spazierenging. Der Kai, die Ruinen, die tote Bastion und das grünlich-weiße oder schwarze Meer schmückten meine bescheidenen Streifzüge. Ich war verarmt, hatte alles verloren, war gleichgültig und unfruchtbar. Mein einziger Reichtum bestand in dem fernen Bild jener schimmernden Länder, in denen ich einmal gelebt hatte, und dorthin flogen meine Gedanken, wenn es mir gelang, sie aus den Falten dieser elenden Existenz hervorzuholen.

Die Einfahrt zum Hafen war vom Eis verschlossen. Die wenigen fremden Schiffe blieben wahrscheinlich am Ende des Vorgebirges an der Landzunge, wo der alte Leuchtturm schlummerte und wo man den kleinen, aber ansehnlichen Kai gebaut hatte, den ich an jenem Morgen entdeckte, als ich die Totengräber begleitete. Dorthin zu gelangen war nicht mehr möglich, denn hohe, streng bewachte Gitter versperrten überall den Weg. Trotzdem ahnte ich, daß mein Wunsch letzten Endes in Erfüllung gehen und die himmlische Gnade mich dorthin tragen würde, wo mich ein Schiff aufnimmt, einen mehr toten als lebendigen Schiffbrüchigen. Und wohin werde ich dann kommen? Irgendwohin, nur um woanders zu sein, um wirklich mich selbst zu fühlen, um nicht mehr das Gefühl zu haben, daß irgendwelche absurden Eroberer bis in mein Inneres vordringen und meine Identität, meine Existenz verschütten. Um nicht mehr Gesichter bar jeden eigenen Zuges zu sehen – Menschen, die nicht mehr wissen, ob sie leben oder tot sind, und ihre Leichen nach jedermanns Willkür beleben lassen. Wie sehr sich all dies bewahrheiten sollte, ahnte ich gar nicht. Und auch eine endgültige Verwirklichung aller meiner Träume konnte ich mir nicht vorstellen, obwohl ich fühlte, wie sie allmählich näher kam.

Meine Arbeit wurde mir immer angenehmer. Vor allem deshalb, weil ich außer der schweigsamen Gemeinschaft der Greise niemand mehr zu Gesicht bekam. Ich konnte allein mit mir sein, und dieser Umstand schon schien mir ein unschätzbares Geschenk. Gerade deshalb empfand ich nach allen bisherigen Prüfungen jetzt immer stärker ein Gefühl der Vorläufigkeit. Etwas sagte mir, daß meine Lage nicht von Dauer sein könne, daß mir meine zweifelhaften Privilegien bald von den Vorgesetzten entzogen würden; daß meine Zeit bald um sein werde. Die demütigende Angst, die mir dieser Gedanke einflößte, konnte ich aber trotz meiner Empörung und Selbstverachtung nicht loswerden. Es ging über meine Kräfte – es war ein Schatten, dessen Joch niemand hätte abschütteln können, es war eine Zeit, ein Sternbild, eine Kralle.

Meine Spaziergänge wurden immer länger, und als ich mich einmal reichlich verspätete, mußte ich atemlos laufen, weil, wie ich meinte, das Ritual schon begonnen hatte; zu meiner großen Überraschung fand ich die Kirche leer. In der fast vollständigen Finsternis brannte nur eine einzige ersterbende Kerze vor dem Altar, wodurch die Kirche noch größer erschien – verschlingende Räume, gekreuzte Grotten unter den Gewölben, die von Fledermäusen und Nachtvögeln in Scharen beherrscht wurden. Ich blieb eine Weile beim Eingang stehen, bevor ich in die Nische schlich, die mir als Wohnung diente. Irgendwo in der Tiefe der Kirche regte sich ein Schatten. Ich hörte ein undeutliches Geräusch, als schlüge jemand leicht gegen Holz. Ich verbarg mich hinter dem alten, zerrissenen Vorhang und setzte mich aufs Bett. Ich mußte herausfinden, wer der Kerl in der Kirche war. Denn daß es einer der greisen Priester war, konnte ich nicht recht glauben. Oder waren am Ende alle dort versammelt und tappten im Finstern umher, ohne den Mut, die Kerzen anzuzünden, weil mein Fehlen sie wie ein böses Omen erschreckt hatte, ohnmächtig zitternd im Bann unbegreiflicher Tatsachen? Als ich mich nach einigem Zögern hinauszutreten entschloß, um zu sehen, was vorgefallen war, faßte mich jemand am Arm, und eine Stimme sagte mir ins Ohr: *Rühre dich nicht, damit sie nicht merken, daß du hier bist. Wenn sie dich entdecken, bist du verloren. Sie haben dich bis vor kurzem überall ge-*

sucht. Eben, bevor du kamst, sind sie wiedergekommen, um nach dir Ausschau zu halten. Sie fragten mich nach dir, und ich sagte ihnen die Wahrheit. Wenn ich gewußt hätte, wo du bist, hätte ich es ihnen sicher nicht verheimlichen können. Warte, bis sie weg sind – wir wollen dann sehen, was zu tun ist.

Die Stimme kam mir bekannt vor, aber in der undurchdringlichen Dunkelheit der Nische konnte ich nicht erkennen, wem sie gehörte, und ich begriff auch nicht, warum er hier in meinen Schlupfwinkel eingedrungen war. Unter dem Bann der unerwarteten Dinge, die mich umzingelten, blieb ich reglos stehen und Schweigen umfing uns beide. Wie lange wir so dagestanden hatten, kann ich nicht sagen. Ich glaube, Stunden waren vergangen, bis wir an ihren Schritten hörten, daß sie die Kirche verließen. Es mögen zwei oder drei gewesen sein. Sie gingen am Vorhang vorbei, suchten aber nicht mehr dahinter, sondern traten ins Freie und schlossen leise die Tür mit der riesigen Klinke aus Bronze. Eine Weile warteten wir, um sicher zu gehen, und dann trat ich, gefolgt von meinem unsichtbaren Gesprächspartner, aus meinem Versteck.

Vor dem Altar entdeckte ich auf dem Katafalk den unvermeidlichen Leichnam zwischen den künstlichen Blumen, die ihn fast ganz bedeckten; am Kopfende stand das Talglicht, das ich für eine Kerze gehalten hatte, und flackerte seinem Ende entgegen – ein gelber Speichel in der dichten Finsternis des Raumes. Als ich zum Licht trat, war mein erster Gedanke, meinen Gefährten zu betrachten, ihn zu erkennen, aber als ich mich umdrehte, sah ich ihn nicht mehr. Er war verschwunden. Ich suchte ihn, ohne daß es mir gelang, ihn zu finden, als plötzlich auf den Fenstern der Widerschein eines Lichtes spielte, das von draußen kam, ein rötliches Licht, daß die Gesichter der Heiligen auf den Glasfenstern aus der Schwärze zum Leben erweckte und im Inneren der Kirche neue Schatten auf den Wänden und in der Dunkelheit formte.

Ohne es zu wollen, näherte ich mich den Fenstern, aber sie waren so hoch, daß ich sie auch mit ausgestrecktem Arm nicht erreichen konnte. Wie von Sinnen stieg ich neben dem Toten auf den Katafalk und sah von dort durch ein Fenster. Die Nacht draußen war voll von schwankenden Fackeln, die

von allen Seiten her näherkamen. Ich begriff, daß etwas im Gange war, daß man mich ertappen könnte, und wollte zur Tür laufen, um zu fliehen. Zu spät. Ich hatte gerade noch Zeit, den Vorhang zur Seite zu werfen und mich in meiner Nische zu verstecken.
Dort fand ich die Gestalt, die mir Gesellschaft geleistet hatte, und als allmählich der Lichtschein der Nahenden stärker wurde, konnte ich ihn undeutlich sehen. Er trug mein Ornat und hatte das dicke Buch in den Händen – bereit, seinen Dienst anzutreten, wie ich selbst es bis dahin getan hatte. Ehe ich dazu kam, ihn zu fragen, was diese Anmaßung bedeuten sollte, und eine Erklärung zu verlangen, die er mir schuldig war, sagte er: *Du kannst ruhig sein. Ich werde deine Aufgabe ehrenhaft weiterführen. Sie werden zufrieden sein. Ich weiß, daß es schwer ist, aber ich werde mich sehr bemühen. Sei ruhig und sei wachsam.*
Es war niemand anders als mein falscher Bruder, der eben in dem Augenblick aus der Nische hervortrat, als sich die Tür der Kirche weit öffnete.

XXXIII

Ich hielt mich in meiner Nische verborgen, zog aber den alten Vorhang unmerklich zur Seite, um zu beobachten, was draußen vorging. Zunächst traten die Priester mit ihren Büchern und brennenden Kerzen in den Händen ein, und schritten zum Katafalk, wo mein falscher Bruder bereits betete. Hinter ihnen kamen ein paar in Lumpen gehüllte Kinder, mit weißen Gipsbüsten in den Händen, dann die ehemalige Tänzerin in einem weiten, langen Herrenmantel, der formlos an ihr herunterhing, und neben ihr der Gestrenge, auf dessen anderer Seite ein Kerl, der – nach seinem Äußeren zu urteilen – ein Ausländer zu sein schien. [Man hatte in letzter Zeit des öfteren von ausländischen Besuchern gehört, und viele hatten sich im stillen gefreut, daß . . ., aber vielleicht hatten sie sich gar nicht gefreut.] Eine größere Gruppe von kräftigen, derben, schmutzigen Bettlern folgte ihnen, die einen fürchterlichen Gestank nach Mülltonnen verbreiteten. Manche trugen Fackeln, und die Kirche wurde zusehends heller. Seit langem hatte ich sie nicht mehr beleuchtet gesehen, weil ich

tagsüber immer schlief und weil es nachmittags sehr rasch dämmerte. Inzwischen waren tiefgreifende Veränderungen eingetreten. Die Kultgegenstände waren verschwunden und durch Streifen von Leinwand, Büsten in allen Größen, Kränze aus falschen Blumen, Schaufeln und Spitzhacken ersetzt worden – und die Gestalten auf den Fenstern, die ich für die Heiligen der alten, wertvollen Glasfenster gehalten hatte, waren nun Soldaten, deren riesige Helme wie metallische Heiligenscheine wirkten. Sie waren einfach über die Heiligen, oder vielleicht auch auf neues Glas gemalt worden [übrigens waren auch die Priester von früher in einen ehemaligen Abstellraum verbannt worden, wo sie für die wenigen Gläubigen die Messe lasen]. Mein Blick war flüchtig durch den ganzen Raum geglitten und hatte sich starr auf die Menge gerichtet, die in die Kirche drängte.
Die Priester beteten, versunken in die Weisheit der Bücher, und mein falscher Bruder schien am meisten vertieft. Die Kinder stellten die Büsten an den vier Ecken des Katafalks auf, schrien – indem sie drohend ihre Fäuste gegen die Tür schwangen – aggressive Losungen und setzten sich dann auf die steinernen Platten des Fußbodens, während sie sich noch fester in ihre Lumpen hüllten. Aus der Menge der Bettler löste sich einer, schrecklich verkommen, derb, mit feindseligem Blick. Er näherte sich dem Kopf des Toten, und sogleich streckte ihm mein falscher Bruder das Buch zum Kuß entgegen. Der Bettler erfüllte das Ritual und hielt dann in düsterem, pathetischem Ton eine Rede, die mit dem Tod des Helden im Sarg begann, recht bald aber bei den Feinden der *Liga*, bei Rindern, Bienenstöcken und allen möglichen Dingen verweilte, die mit dem Leben und der Persönlichkeit des Verstorbenen in keinem Zusammenhang standen.
Nicht ohne Mühe erkannte ich ihn wieder: Es war der Eklige, der eine sehr primitive und auffällig plumpe Haltung angenommen hatte. Als ich prüfend die Gesichter der anderen Bettler betrachtete, erkannte ich noch zwei seiner gleichfalls gewaltsam veränderten Jünger. Ein anderer, klein von Gestalt und um grimmigen Ausdruck bemüht, war niemand anderer als der Zwitter, dem seine zerlumpte Kleidung und seine große, schmutzige Kappe die Gestalt eines pausbäckigen Hanswurstes verliehen.

Den wenigen Hinweisen am Beginn der Rede hatte ich entnommen, daß der Mann im Sarg vom Dach eines Nachtasyls gestürzt war, als er dort Ausbesserungen vornahm – aber der Eklige schrie heftig und beschuldigte Feinde, ihn getötet zu haben; er fluchte und drohte fernen Ländern und machte sogar die irrigen Anschauungen eines der Metaphysiker unserer Stadt verantwortlich, der durch seine Isolierung und aristokratische Gesinnung an diesem schweren Verlust mitschuldig sei.
Aus den Reihen der Bettler kamen Pfiffe und ein brüllendes Hohngeschrei, und der äußerst aufgebrachte Zwitter begann, die Feinde beim Namen zu nennen, unter denen ich auch den meinen vernahm. Ich erschauderte hinter dem dünnen Vorhang, der mich vor ihren Blicken verbarg. Der Gedanke ließ mich verzweifeln, daß sie mich erneut in meiner Nische suchen könnten, um mich diesmal zu finden und der allgemeinen Wut auszuliefern. Aber zum Glück gab der Gestrenge ein Zeichen mit der Hand, und als alles schwieg, hörte ich, wie er sofort den Metaphysiker herbeizuschaffen verlangte.
Eine Gruppe kräftiger Bettler stürzte hinaus und kehrte binnen kurzem mit einem weißhaarigen Greis zurück; er hatte ein ebenmäßiges Gesicht, trug einen schwarzen Gehrock und in der Hand ein kleines Bündel mit den nötigsten Dingen. Man stieß ihn vor sich her, und überhäufte ihn mit sinnlosen Fragen, die zum Teil sein Familienleben und seine ehelichen Geheimnisse betrafen [obgleich er, soviel ich wußte, niemals verheiratet gewesen war]. Seine Versuche zu antworten wurden sogleich in einem Schwall von Pfiffen und furchterregenden Schreien erstickt. Der Eklige entriß ihm das Bündel, öffnete es und stöberte darin herum, um schließlich ein umfangreiches Manuskript hervorzuziehen, das er im Licht der Fackeln emporhielt, während er mit kehliger Stimme rief: *Dahin ist also die Wolle unserer Schafe geraten, welch eindeutiges Beispiel eines Feindes, der sich unter uns verbirgt!* Er hielt es in die Flamme einer Fackel und warf es, sobald es brannte, auf den Steinboden, während alle nach einer Bestrafung des Täters riefen; einige kräftige Bettler verbanden seine Augen mit Leinwandstreifen, hoben ihn hoch und trugen ihn aus der Kirche.

Die Gemüter waren erhitzt. Das Gesicht des Ausländers strahlte vor Begeisterung, und er flüsterte ständig dem Gestrengen etwas ins Ohr, verfolgte dabei aber mit den Blicken den Zwitter und rief ihn schließlich zu sich, um ihm unter die Lumpen zu greifen. Er tat seine Bewunderung für die Errungenschaft der *Liga* kund und gestand seine Scham, einem von Finsternis erdrückten Land anzugehören, in dem derlei Neuerungen in absehbarer Zeit nicht zu erwarten seien.
Gemeinsam schritten sie zum Ausgang, während das Licht der Fackeln auf ihren Gesichtern spielte und alles mit blutigem Gold überzog, ihre Lumpen, ihre großen Mützen, ihre von Schlaflosigkeit ermatteten Augen – und ich war hinter dem Vorhang zu Stein erstarrt. Während sie an mir vorbeizogen, dachte ich an mein künftiges Schicksal, da zum ersten Mal mein Name öffentlich unter den Namen der Feinde genannt worden war. Vielleicht war die Lage des greisen Metaphysikers noch beneidenswert im Vergleich zu der meinen: Er wußte, was ihn erwartete, ich aber wußte so gut wie nichts. Aber vielleicht wußte niemand etwas. Nicht einmal die Leute der *Liga* . . . Nur die *Liga* selbst wußte alles.
In der Kirche waren nur die Priester zurückgeblieben, die ihre Gebete wieder aufnahmen, und ein Kind, das auf den Platten eingeschlafen war und von niemand beachtet wurde. Beim Rückzug der Fackeln senkte sich wieder die Dunkelheit herab, und im blassen Flackern der Lampe und der Talgkerzen sah ich die Priester, aschfahl, regungslos, eintönig murmelnd – und ich bedauerte, diesen Beruf unwiderbringlich verloren zu haben, der mir jetzt noch bequemer, noch müheloser erschien. Viel Zeit blieb mir aber nicht für mein Bedauern. Ich mußte mich für einige Zeit irgendwo verbergen, denn beim Morgengrauen würden sie wieder hinter mir her sein. Wie gut wäre es, meinte ich, einen bescheidenen Beruf zu finden, der mich aus dem Umkreis der Kirche und der Sicht der anderen entfernen würde, irgendeine, auch noch so niedrige körperliche Arbeit am Stadtrand, wo ich unerkannt leben könnte, bis sich die Verhältnisse beruhigt hätten oder großmütigere und nachsichtigere Richtlinien verkündet würden.
Zunächst aber mußte ich unerkannt fliehen, aus der Kirche entkommen, bevor es tagte. Und das war nicht leicht. Rings-

herum lauerten gewiß meine Verfolger. Und ich hatte von niemandem Hilfe zu erwarten. Und der Morgen kam unaufhaltsam näher.

XXXIV

Während ich angestrengt über eine mögliche Flucht nachdachte, vernahm ich ein leises, metallisches Geräusch an der Tür. Die große Klinke aus Bronze wurde langsam heruntergedrückt, beinahe unhörbar, und ein Schatten glitt herein, der sogleich hinter dem Vorhang jener Nische verschwand, die nicht mehr die meine war, um sich aufs Bett zu setzen. Sobald sich meine Augen an das Halbdunkel gewöhnt hatten, glaubte ich, den ehemaligen Totengräber zu erkennen. Er war es tatsächlich. Unmittelbar darauf sprach er mich an, flüsternd, und machte mir zum Vorwurf, daß ich mich von meinem falschen Bruder hatte verdrängen lassen, der aus eigenem Antriebe gehandelt hätte, ohne von der *Liga* instruiert worden zu sein.

Jetzt aber ist es geschehen. In ihren Augen erscheinst du recht verdächtig, weil du dich entdeckt fühlst und zu verschwinden trachtest. Sei nicht dumm. Wen schert es, ob du etwas getan oder gelassen hast? Und nur deinem geliebten Bruder hast du all das zu verdanken . . . Sag nicht, daß er nicht dein Bruder ist. Es hat keinen Sinn, das vor mir zu verbergen. Mit mir? Mit mir ist das etwas anderes. Das darfst du nicht verwechseln. Ich habe etwas zu verteidigen. Ich gehöre dazu. Ich werde eines Tages einer von denen sein, die das Wesen der Liga *und das Leben der Stadt grundlegend verändern werden . . .*

Aber jetzt ist nicht der Zeitpunkt, darüber zu reden. Wichtig ist vorläufig, daß nicht auch dir das Schicksal des greisen Metaphysikers widerfährt – zögere nicht! Du hast Glück: Eben ist der Glöckner der Kirche gestorben, am Nachmittag werden sie ihn auf den Katafalk legen. Man wird ihn feierlich bestatten, aber aus diesem Anlaß werden mindestens drei Professoren von der Akademie eingekerkert, deren Folterung man schon eine Weile vorbereitet. Beeile dich und nimm seinen Platz ein. Hier habe ich dir sein Gewand gebracht. Steig rasch auf den Glockenturm über der großen rechten Kuppel. Dort wirst du auch wohnen. Trachte niemals als erster zu läuten. Warte, bis du die Glocken der anderen Kirche hörst und dann läute auch du . . . Nein, sei ohne Sorge, niemand wird es bemerken, niemand wird sich fragen, was du dort suchst, man wird dich für einen anderen oder für niemanden halten. Man fragt sich nichts mehr. Es geht vor allem darum, daß du dich selbst nicht fragst, was mit dir vorgeht, wer du bist, was du tust und warum du dort oben bist. Für sie bist du nicht mehr vorhanden, sobald du dich in den Lauf der Dinge eingefügt hast. Du wirst zu einer gewöhnlichen Funktion, zu einem Glied in der Kette, zu einem Teil jenes Laufbandes, das niemand mehr anhält, wenn es einmal in Bewegung geraten ist . . . Wie du leben wirst? Von selbst. Für alles ist vorgesorgt. Das wirst du selbst sehen. Die Physiologie bedarf keiner Ratschläge. Geh nun, geh, du hast keine Zeit mehr zu verlieren!

Beunruhigt durch diese unerwarteten Worte, nahm ich das Bündel mit dem Gewand des toten Glöckners und schlich langsam durch die Dunkelheit zur bezeichneten Tür, die sich in einem düsteren Winkel der Kirche befand. Ich tappte durch die Finsternis und fand die Treppe zum Glockenturm. Die Priester hatten mich nicht bemerken können, weil ich an der anderen Seite des Altars, vor dem sie beteten, vorbeigegangen war. Ich ging auf Zehenspitzen – ein Gespenst, ein Stück Nacht, das im Innern der Nacht umgeht. Stufe für Stufe stieg ich hinauf und tastete mich an der runden Mauer der Wendeltreppe entlang, die nicht mehr enden zu wollen schien. Als ich oben ankam, fiel durch die schmalen, hohen Fenster der Kuppel ein Schimmer von Licht aus dem dunklen Blau von draußen, gerade so viel, um die Umrisse der Dinge ringsum zu erkennen. Der Raum war riesig und rund. Die Glocken hingen wie bronzene Kadaver mit Stierhoden zwischen den Beinen da. Ein dunkler Umriß an der Wand erwies sich als ein reich geschnitzter Schrank – ein Möbelstück, das sehr wertvoll zu sein schien, sehr alt und von einem hervorragenden Meister gefertigt. Ich öffnete ihn, und in seinen Fächern ertastete ich einen Wasserkrug, ein großes Stück harten und vertrockneten Maisbrei, dann verschiedene Dinge aus Holz, Bücher, etliche Werkzeuge und noch manches andere, was ich nicht erkennen konnte.

Weiter hinten stand ein schmales Eisenbett, darüber eine dicke Decke aus langhaariger Schaf- oder Ziegenwolle. Es sah aus, als schliefe jemand darin, weil man deutlich eine Wölbung beim Polster erkennen konnte. Erschrocken wich ich zur Seite, aber nach einigen Augenblicken des Zögerns, entnahm ich dem Kasten ein hölzernes Ding, näherte mich wieder und schlug der Gestalt aufs Haupt. Ich wollte den Eindringling betäuben, um zu sehen, wer er war, und ihn dann, falls nötig, verjagen. Ein klirrendes Geräusch ertönte, etwas schien zerbrochen zu sein. Als ich die Decke hob, sah ich im blauen Licht des aufsteigenden Morgens eine Gipsbüste, die ich zerschlagen hatte. Jemand hatte sie ins Bett gelegt.
Im nächsten Augenblick packte ich sie, trug sie – sie war nicht sehr schwer – zum Fenster und öffnete es; als ich einen Blick hinauswarf, erkannte ich, daß die Helligkeit, die mir aufgefallen war, nicht vom Morgengrauen, sondern vom Schneesturm herrührte. Es schneite dicht, und der Sturm trieb die Flocken vor sich her, der Ostwind, der den Frost brachte und das Vieh erkranken ließ, während er den Menschen ein Gefühl von Wahn und Schrecken einflößte. Es war gut. Ich ließ die Büste fallen. Sie wird in den Schnee fallen, der Schnee wird darüberwehen, und bis zum Morgen wird sie vollkommen verschwunden sein.
Nach so vielen Erlebnissen und überstandenen Gefahren befiel mich eine schreckliche Müdigkeit, eine Betäubung, ein Zustand der Kraftlosigkeit und Willensschwäche. Die Aufregungen und die schreckliche Kälte in der Kuppel ließen mich erschauern, und ich beschloß zu schlafen, was immer auch geschehen möge. Ich hüllte mich in die dicke Decke und schlief unversehens ein. Aber trotz der Müdigkeit war mein Schlaf nur kurz, immer wieder unterbrochen von Stimmen, seltsamen Geräuschen und Pfiffen. Ich erwachte sofort, als der Tag anbrach, weil ich meinen neuen Pflichten bange entgegensah.

XXXV

Des Glöckners Kleider, die ich aus dem Bündel nahm, paßten mir recht gut und waren keineswegs so schmutzig, wie ich erwartet hatte. Im Gegenteil. Ein langer Kaftan aus

schwarzem Tuch, ein Paar Bundschuhe aus borstigem Schweinsleder, dicke Strümpfe, warme Fußlappen und eine leider zu große Mütze – das waren die Kleidungsstücke, die ich anzog, während ich mich auf meine neue Arbeit vorbereitete.
Beim ersten Glockenschlag, der von einer nicht weit entfernten Kirche herüberdrang, sprang ich an das Seil und zog aus voller Kraft daran, bis die ganze Kuppel von einem Chaos von Klängen erfüllt war. Das Dröhnen machte mich taub und verharrte noch drückend in meinen Ohren, nachdem ich längst zu läuten aufgehört hatte. Für den Anfang hatte ich meine Fassung wiedererlangt, mich beruhigt und aufgehört zu denken.
Nachdem die Glocken verstummt waren und ihre Stimmen sich wieder im kalten Metall verborgen hatten, aus dem sie hervorgebrochen waren, öffnete ich ein Fenster zum Meer und blickte unverwandt auf seine zwischen Schwarz und Grün verlorene Weite. Der hohe Glockenturm herrschte weithin über Wasser und verschneiten Strand, und es bot sich mir ein unerwarteter Anblick. Die weiße Leere, die da und dort verstreuten, sich duckenden, elenden Häuser, die Skelette der anderen, sich noch im Bau befindenden Häuser, die wegen ihrer unfertigen, stumpfen und ungastlichen Formen noch häßlicher waren, menschliche Gestalten, die sich ohne jedes Bewußtsein bewegten, kraftlose Tiere, streunende Hunde und eine sonderbare Asche, die zugleich mit dem Schnee zerstob, mit dem Schnee, der nicht nachließ, sich in die wenigen Farben einschlich und den Strand, das Meer, die Menschen, die Dinge und die Luft ohne Unterschied verschmutzte ... Vielleicht aber trugen meine Augen diese Asche in sich, um sie allenthalben zu verstreuen, meine Augen, die sich durch die allgemeine Schändlichkeit schleppten und ein Licht ausspieen, das mit Asche vermischt war, ein schmutziges Licht.
Ich suchte das Vorgebirge und den alten Leuchtturm an seinem Ende, aber nichts war jenseits jenes Kreuzwegs zu sehen, wo der Himmel, der Schnee und die Wellen einander begegneten, um den Horizont zu verschleiern. Und doch war dort irgendwo in der Ferne jener wunderbare Kai, wo von Zeit zu Zeit die fremden Schiffe anlegten, die aus den Ländern

meiner Kindheit und Jugend kamen ... Eines von ihnen könnte mich meinem fast vergessenen Dasein zurückgeben ... Aber wer weiß wann, wer weiß wie ... Wer weiß ob ... Es ist schrecklich, sich den leichtsinnigsten Hoffnungen hinzugeben wie ein Dummkopf, der noch hofft, während die Würmer schon sein Leben durchziehen, um es zu zerfressen wie einen vorweggenommenen Leichnam und es dann, vor der Zeit, dem Nichts zurückzugeben. Und doch ist es manchmal gut, ein hoffnungsvoller Dummkopf zu sein, vielleicht verändert diese Hoffnung für die Würmer den Geschmack des Daseins, vielleicht ist es gut zu sehen, daß es schneit, und zu glauben, daß es jenseits des Schnees noch etwas anderes geben könnte, eine andere Welt, die singt, wenn der Sämann seinen Samen ausstreut, eine andere Welt, die darauf wartet, sich aus den Wassern zu erheben, in denen sie von ohnmächtigen Gedanken und aschgrauen Blicken ertränkt worden ist; und die Wasser wurden zu Schlingen, und die Schlingen erstarrten zu Eis, aber in ihrem Herzen bewahrten sie vielleicht noch eine ungetrübte Transparenz, die jenseits des Schnees verblieben ist, im Kerker, im Schweigen, in der Leere ...
Das Geräusch von Schritten ließ mich aus einer Betäubung erwachen, die von fruchtlosen Gedanken bevölkert war. Jemand stieg zu meinem Schlupfwinkel herauf – und ein solcher Besuch konnte mir weder angenehm noch gleichgültig sein. Ich rührte mich aber nicht vom Fenster und wartete dort, damit der Kerl mich beim Öffnen der Falltür, durch die er kommen mußte, nur von hinten sehen konnte.
Es ist nicht ratsam, mein Freund, ständig zum Fenster hinauszuschauen, hörte ich ihn plötzlich. Und als ich mich umdrehte, sah ich den Küster, der unter die Kuppel getreten war und die Falltür offengelassen hatte – möglicherweise ein Zeichen dafür, daß er nicht lange zu bleiben gedachte. *Es wäre besser zu studieren. Du hast doch genügend Bücher zur Hand. Lernend wirst du dich immer mehr erheben können und die Dinge besser verstehen, und damit noch besser deinen Verpflichtungen nachkommen können ...* Er sprach abgehackt und monoton, fast mechanisch, und sah mich gleichgültig an, als ob ich ihm bekannt vorkäme, er aber nicht wüßte, wer ich sei.

Er warnte mich vor möglichen Verschwörungen und fragte mich ganz beiläufig [oder mit dem Wunsch, diesen Eindruck zu erwecken], ob ich nicht gesehen hätte, wobei er meinen Namen nannte und hinzufügte, daß ich ihn in den nächsten Tagen vielleicht zu Gesicht bekommen könnte und dann unverzüglich entweder ihm oder notfalls den kräftigen Bettlern Nachricht zu geben hätte. Er hat nichts mehr von seiner gewohnten Unterwürfigkeit, sondern schien seiner selbst sehr sicher zu sein und machte sogar den Eindruck sichtlicher Überlegenheit. Erst bevor er ging, streckte er mir – sehr würdevoll – seine Mütze entgegen, und einen Augenblick war ich beunruhigt, weil ich vergessen hatte, die Münzen aus meinem alten Anzug an mich zu nehmen; als ich aber die Hand in die Tasche des Kaftans steckte, fand ich welche und warf ihm eine zu; er stieg hinunter, schloß die Falltür, und es waren nur noch seine Schritte auf den Stufen zu hören, immer leiser, bis mich wieder die Stille umfing.
Von der Spannung dieser Begegnung befreit, hatte ich das Bedürfnis, die Kuppel zu verlassen und einen Spaziergang am Strand zu unternehmen, aber ich wollte unbedingt dem Küsterhaus und dem Friedhof ausweichen, weil ich nicht gern an jene Stätten zurückkehrte, wo ich gearbeitet hatte und wieder abgesetzt worden war; undeutlicher Instinkt, Aberglaube oder einfach nur Unlust hatten mich bisher davon abgehalten. Nun aber hielt mich die Furcht zurück, erkannt zu werden, obwohl der unerwartete Besuch des Küsters die Worte des ehemaligen Totengräbers voll bestätigt hatte.
Ich zögerte zunächst und näherte mich dann zweifelnd und unschlüssig der Falltür; als ich sie aber hochgehoben hatte und eben die Treppe hinabsteigen wollte, ließ mich der Klang der Glocken aufhorchen: Von allen Seiten der Stadt hatte es plötzlich zu läuten begonnen, und die Klänge erfüllten die verschneite Luft. Die Falltür schloß sich geräuschvoll, ich sprang an die Seile, packte sie und zog verzweifelt daran, weil ich fürchtete, daß meine Säumigkeit auffallen könnte. Wenn ich nur einmal säumte, meinen Pflichten nachzukommen, könnte das mit einem Schlag jenen ganzen grausamen Mechanismus gegen mich entfesseln, der mich bis jetzt noch verschont hatte, er würde sich plötzlich in einen Kreis von erbarmungslos auf mich gerichteten Lichtern verwandeln,

die mich endgültig in die Falle locken – und auch meine Stirn würde der Heiligenschein jener Helden zieren, die am Katafalk der Schwarzen Kirche betrauert werden.

XXXVI

An diesem und am nächsten Tag verließ ich meinen Unterschlupf nicht. Die Glocken läuteten mehrmals am Tag, aber nicht mehr wie früher in bestimmten Abständen, sondern überraschend, wenn man es gar nicht vermutete. Manchmal wartete ich stundenlang vergeblich darauf, sie von den hohen Kuppeln her zu hören, ein andermal hatte ich kaum meine Arbeit beendet, als sie von neuem erklangen und ich wieder an die langen, schwärzlichen Seile mußte, und wieder dieses wahnsinnige schwarze Dröhnen und das Gefühl, über einem gähnenden Abgrund zu hängen, bevor die Stille mit ihrer Bewußtlosigkeit und anhaltenden Schlafsucht wiederkehrte. Um mir das Lebensnotwendige zu bringen, kamen bald der Küster, bald irgendein grimmiger und rätselhafter Bettler, bald zerlumpte Kinder mit feindseligen, schielenden Blicken, schweigsam, schmutzig und wild.

Ich war glücklich, daß die Glocken nie des Nachts erklangen, und daß ich bis zum Morgengrauen schlafen konnte, bis zu willkürlicher Stunde das erste Läuten des Tages ertönte. Es fand mich immer wach, denn gegen Morgen pflegte mich Schlaflosigkeit zu quälen, voll von Schritten, flüsternden Stimmen, Rascheln und Vögeln. Mehrmals weckte mich der Lärm der Totenfeiern. Ich hörte Schreie, Pfiffe und heftiges Schimpfen.

In einer dieser roten Nächte, voll von Fackeln, von vielfältiger Teilnahme, von wirrem Lärm, stieg ich leise hinunter und öffnete ein wenig die seitliche Tür am unteren Ende der Treppe. Am Katafalk erkannte ich das beleuchtete Gesicht des Metaphysikers, dessen Bestattung sichtlich mit ganz außergewöhnlichem Prunk veranstaltet wurde. Wahrscheinlich war er in irgendeinem Gefängnis gestorben, während hier nun die Dinge eine andere Wendung nahmen. Der Eklige hielt eine lange Leichenrede. Sein Aussehen hatte sich verändert, ich erkannte ihn eher an der Überheblichkeit seines Tonfalls. Er hatte seinen riesigen Schnurrbart abgenommen.

Die Backen, der Mund, der Kopf, die kleinen in Fett ertrinkenden Augen, die Ohren und das Haar verliehen ihm etwas von der angriffslustigen Selbstzufriedenheit eines Schweines. Sogar seine Stimme hatte etwas vom Grunzen eines befriedigten Ebers angenommen, der ein anderes Weibchen abweist. Er suchte akademisch und gewählt zu sprechen, er trug vornehme Kleidung aus fremden Ländern, aber alles zusammen vermehrte nur die Gemeinheit dieses emporgekommenen Tagediebs. Nach einigen klangvollen Wendungen und Zitaten [von Autoren, die er niemals gelesen hatte] forderte er in geschickt formulierten Sätzen die Bestrafung der Schuldigen, die der Stadt einen ihrer Edlen – er wies auf den Verstorbenen – geraubt hätten. Dann nannte er verschämt einige der besten Architekten, die in letzter Zeit als Angestellte in der Verwaltung eines großen Spitals beschäftigt waren, und schwieg darauf unvermutet.
Es folgten die üblichen Beschimpfungen. Am Schluß jedoch verließ der Gestrenge–ein unerhörtes Ereignis–sein Gefolge, tat einen Schritt in Richtung des Katafalks und legte den Priestern je eine Münze aufs Buch. Dann räusperte er sich, um eine kurze Abschiedsrede zu halten, die sich vor allem auf die Bedürfnisse der Schafhirten und Bienenzüchter bezog und dabei von der wertvollen Hilfe ausging, die der Metaphysiker geleistet hätte. Er schloß mit Anweisungen für die bevorstehenden Aufgaben. Alles zog sich zurück, nur die Priester blieben und setzten ihre Gebete fort, und wieder senkte sich die Dunkelheit über die Kirche.
Ich wollte eben in die Kuppel zurückkehren, als ich drei Schatten bemerkte, die sich dem dunklen Winkel vor meiner angelehnten Tür näherten. Sie setzten sich draußen auf die Schwelle und begannen aus einer riesigen Tonschüssel zu essen, die der mittlere auf seinen Knien hielt. Es waren drei Jünger des Ekligen, die einzigen, die ihm treu geblieben waren, nachdem er offenkundig darauf verzichtet hatte, Empörung vorzutäuschen, und so Aufnahme in den höchsten Kreisen gefunden hatte. Was sie zu sich nahmen, konnte ich nicht feststellen. Es schien ein Eintopf mit Graupen und Muscheln zu sein – das Lieblingsgericht der kleinen Lakaien. Aus ihrem Gespräch aber erfuhr ich vieles.
In den Kreisen der *Liga* herrschte schamloser Überfluß, und

Abend für Abend wurden Ausländer zu geheimen Festen in die Säle der großen Museen der Stadt oder in die Paläste der alten Bibliotheken geladen, deren Bestände fortgeschafft worden waren – niemand weiß wohin. Der Eklige, der ihnen davon berichtet hatte, war zu solchen Zusammenkünften als Lieblingsnarr der Gestrengen zugelassen und so in den Genuß mancher Vorteile gekommen. Die Putzfrau [die in Wahrheit die Tochter eines Gestrengen war] beherrschte diese Gesellschaft durch ihre freizügigen Ausschweifungen, die zusehends raffinierter wurden und sich dabei an all jene uralten und bösen Traditionen anlehnten, die gerade vom Geist der *Liga* verurteilt worden waren. Neben ihr wurden andere Frauen genannt, deren Namen ich nicht kannte, mit Ausnahme der ehemaligen Tänzerin, die sehr schnell emporgekommen war, aber von meiner früheren Wirtin vernahm ich kein Wort. Der alte Professor schien unter den Angestellten und Lastenträgern im Hafen des Vorgebirges eine Art Machtposition erlangt zu haben, obgleich, wie man sagte, der Eklige danach gestrebt hätte; allerdings waren seine Chancen von jeher gering gewesen, weil es ihm an Gelehrsamkeit und intellektuellem Ansehen mangelte.
Auch mein Name fehlte nicht in ihrem Gespräch. Sie hegten, ohne zu ahnen, wo ich mich tatsächlich befand, einen sonderbaren Haß gegen mich und waren voll Sorge wegen meines möglichen Aufstiegs, gerade weil sie mich aus den Augen verloren hatten, obwohl sie zu wissen schienen, daß man mich mißbilligte und voll Ingrimm verfolgte. Aber es gab in ihrem Gespräch auch manches, was ich nicht zu begreifen vermochte; es schien sich auf ein Ereignis zu beziehen, dem man mit einer gewissen Unruhe entgegensah, eine wichtige Veränderung im Leben der Stadt, vielleicht eine neue Richtung. Ich wurde nicht klug daraus, denn nachdem sie ihr Mahl beendet hatten, brachten sie eine Flasche zum Vorschein und bald waren sie völlig betrunken und stammelten nur noch sinnlose Worte. So überließ ich sie ihrem Schicksal und kehrte unter die Kuppel zurück, denn allmählich begann ich mich über sie zu ärgern – vor allem über einen, der der ekligste und fanatischste von allen war, von kleiner Gestalt, schwarz, struppig, mit einem Gesicht wie eine längliche, haarige Hinterbacke.

Mein Bett, ein Gefühl der Sinnlosigkeit, des Ekels und des Zweifels, eine unbestimmte Angst und der schwache Wind, der wie ein Hund aus der Ferne heulte, die schwarze Maske der länglichen Fenster und die gewölbte Decke der Kuppel, die meine erotischen Träume erzwungenen Einsiedlertums mit riesigen Busen bemalten, mit mondweißen Hüften, gespreizten Schenkeln, zwischen denen das Geschlecht in Gestalt eines schwarzen, roten, goldenen Sterns aufging. Ich dachte nicht an die ausgepeitschten Frauen, die ich gewissermaßen beruflich im Zimmer des Küsterhauses besessen hatte, unter dem Einfluß des sonderbaren Getränks, das zu trinken uns das Ritual jener Stunden gewaltsamer Erregung zwang. Vielmehr quälte mich jene flüchtige und gehetzte Nacht mit meiner ehemaligen Wirtin, jenes vielleicht unwiederholbare Spasma, das sowohl die Unschuld als auch die spontane Lust, sowohl die Verzweiflung als auch den heimlichen Schrecken umfaßte. In der Einsamkeit, in der sich Hunde im Regen paaren, der leere Platz, Herbstnebel, Glockenklänge gegen Abend, vereinzelte Fußgänger mit hochgeschlagenen Krägen, der Rabe in der aschgrauen Weite der dicken Luft, die entlaubte Pappel, die faulenden Blätter, die sich mit dem Flüstern der Wassertropfen vermengen, und die starren, roten Augen, ertränkt in einer Leidenschaft, die langsam und tödlich alles verwirrt. Vor mir sah ich das Bild jener Frau am Abend des Festtages, das durchsichtige, kurze Hemd, die nackten, vollen, weißen Beine, die über die Treppe hinaufstiegen und sich immer mehr entblößten, bis hinauf zum schwarz umschatteten Ansatz der Beine. Alles war jungfräulich und zum ersten Mal geschaut, obwohl ich so lange unter ein und demselben Dach mit ihr gewohnt hatte ... Vielleicht aber war sie infolge einer Zeitverschiebung in der anderen Richtung, gegen die Zeit unterwegs, da es ihr gelang, ihre frühere Gestalt wiederzugewinnen und eine Weile zu behalten, die Gestalt, die sie schon in jenen Jahren verloren hatte, als ich noch weit weg von ihr war, gleichermaßen im Raum und in der Zeit. War es vielleicht gut, daß ich mich ihrer entsann, oder war es ein böses Omen? Es war weder gut noch schlecht. Es war nichts. Nichts als eine Vorahnung der Dinge, die da kommen sollten.

XXXVII

Monoton vergingen die Tage und Nächte, nach dem anhaltenden Schneetreiben und den glasharten Frösten kam nun der Nebel, ein Verschmelzen vom Weiß und Schwarz der Möwen und Krähen, bastardhafte Scharen, die sich durch die erstarrten Lüfte schwangen und unserer Ohnmacht vergessene Flügel verliehen und Federn als Schmuck für unsere tönernen Helme. Ich hatte mich unmerklich an meine Gefangenschaft gewöhnt, die von den Glocken grausam beherrscht war; ich verbrachte meine Zeit hingestreckt auf dem Eisenbett und las immer wieder dieselben Bücher aus dem prächtigen Schrank, aber ich ließ sie nur durch meinen gefrorenen Geist gleiten wie durch ein Labyrinth von Röhren, die alles wieder unberührt von sich geben, oder ich blickte, am Fenster lehnend, hinaus und bildete in meiner Vorstellung Formen aus den Schneewächten, den Menschen, den Soldaten und Pferden, die im Nebel alle auf furchterregende Weise mir selbst glichen, übereinandergelagerte Schichten und sonst nichts.

Einmal sah ich, wie ein untersetzter, verwahrloster Kerl in der Ferne auftauchte und feste Umrisse annahm, je näher er der Kirche kam, um dann zu mir emporzusteigen und mir von der Kraft der Kunst zu sprechen, sich selbst im schöpferischen Akt aufzuheben. Ich gab ihm ein Stück vom kalten Maisbrei, den er sorgfältig in ein schmieriges Taschentuch wickelte, und als er ging, versprach er mir, sich vielleicht manchmal meiner zu erinnern und mich zu besuchen. Ich hatte Kopfschmerzen, bis spät am Abend war mir übel, und ich erbrach gequält. Auch ein entlaufener Mönch kam zu mir, dick und kräftig, ein Anhänger der objektiven Kunst und der Klassik. Er brachte ein winziges Fäßchen mit, aus dem er ständig trank, ohne auch mir anzubieten. Er stellte mir seine zukünftigen Vorhaben ausführlich dar. Ich weiß nicht, wann er mich verließ. Ich war eingeschlafen.

Stillstehende Zeit, Tage mit Ketten um die Fesseln, beleuchtet vom schmutzigen Verband, von den aschgrauen Lumpen des Nebels. Die einzige Freude wurde mir beschert, als ich eines Morgens in die Kirche hinabgestiegen war, um mir das Gesicht des neuen Toten im Katafalk anzusehen. Dabei ertappte ich den frechsten unter den treuen Jüngern des Ekligen, einen Kerl, so lang und mager wie ein Spulwurm, der gekommen war, um die Taschen des Toten zu durchsuchen. Als ich die Tür öffnete [er hatte mich nicht bemerkt und seine Tätigkeit ungestört fortgesetzt], zog er eben eine alte schöne Uhr aus Gold, besetzt mit blauen und roten Steinen, aus der Tasche. Er erkannte mich nicht und hielt mich vielleicht für einen Mann der *Liga* auf Wache, denn er teilte mir mit, er sei der Vertreter der jungen Generation, die sich bemühe, der Demut einen tieferen Sinn zu verleihen, die Errungenschaften weiter zu entwickeln, die Inkompetenz zu beseitigen und so fort. Ich gab ihm ein paar Ohrfeigen, er fiel erschrocken hin und rannte dann davon wie ein hinkender Hund, ohne einen Widerspruch zu wagen. [Die Uhr hatte er dabei liegengelassen.] Das war die letzte Befriedigung, die ich erfahren durfte, denn am Abend desselben Tages begann sich der riesige Platz vor der Schwarzen Kirche plötzlich zu bevölkern, und das deutete auf große Ereignisse hin – ihre Wogen sollten mich weit weg zu unbekannten Sternen tragen.

Als es zu dämmern begann, trat ich an das Fenster. Ich hatte eben das Läuten beendet, und in der Luft lag noch sein erstorbenes Zittern, seine in der Leere zerrissenen Fasern. Von allen Seiten sah ich kleine Gruppen von Menschen auftauchen, zu zweit, zu dritt, zu viert, größtenteils Bettler, soweit ich aus ihrem Aussehen und ihrem Gang schließen konnte, aber auch elegante Herren mit hohen Hüten, Damen in Herrenkleidung, Kinder an der Schwelle der Jugend, die ihre Lumpen hinter sich herschleiften und sich immer wieder einhüllten, weil sie steif vor Kälte waren. Sie kamen langsam von allen Seiten, als ob sie gemessenen Schrittes einhergingen, und je dunkler es wurde, um so mehr Fackeln wurden entzündet, bis sich die ganze Weite aufhellte und rötliche Flammenzungen auf dem Schnee spielten. Ihre Zahl wuchs unmerklich, es waren viele, eine fast undurchdringliche Menge rund um die Kirche, man konnte einzelne nicht mehr unterscheiden, aber über dieser Menge schwebte etwas Düsteres, eine Nachricht, eine Drohung, ein Wahn. Es war nicht mehr die rituelle Schar, die manchmal des Nachts beim Licht einiger Fackeln zur Kirche kam, um die Feierlichkeit einer Bestattung zu steigern, es war ein Meer von Köpfen, ein häßliches, dunkles, feindliches Wasser – und schon bei dem Gedanken, daß ich allein und von allen Seiten umzingelt war, selbst wenn ihnen das nicht und vielleicht niemandem bekannt wäre, überkam mich eine Betäubung, die das Bild vor meinen Augen verschwimmen ließ.

Gleichzeitig drang aus der Kirche zunehmender Lärm herauf. Ich stieg leise hinunter, öffnete ein wenig die Tür am Ende der Treppe und sah den Raum voller Menschen; beim Licht der Fackeln erkannte ich den Gestrengen, den Ekligen mit seinen Jüngern [unter ihnen den, den ich geohrfeigt hatte], die ehemalige Tänzerin, Gruppen von kräftigen Bettlern, viel mehr als je zuvor. Sie waren sichtlich erregt. Man gab hastige und knappe Anweisungen. Die massive Kirchentür mit den schweren Balken war von innen verriegelt worden, und die kräftigen Bettler erhielten den Befehl, sie rasch noch mit Eisenstangen zu verstärken. Es war nun klar, daß ich Zeuge einer Belagerung der Schwarzen Kirche war, und daß die Menschen hier drinnen sich gegen die draußen versammelte Menge verteidigen mußten. Wann aber waren die Belagerten gekommen? Ich hatte sie nicht bemerkt, obwohl ich während des ganzen Nachmittags immer wieder einen Blick aus den Fenstern der Kuppel geworfen hatte. Das sprach dafür – vielleicht hatten sie etwas geahnt –, daß sie auf einem anderen Weg hereingekommen waren. Und trotzdem hatte man sie überrascht. Ich beneidete sie nicht um ihr Schicksal.

Und mein Schicksal? Von der Erregung angesteckt, hatte ich noch nicht die Muße gehabt, an mich zu denken und zu überlegen, was mir unter solch gänzlich unerwarteten Umständen zu tun blieb. Eine Flucht war ausgeschlossen. Ich war der Gefangene der Belagerten geworden, während sie plötzlich selbst Gefangene der anderen waren. Ich konnte nur noch ihr Schicksal teilen, obwohl ich nicht auf ihrer Seite stand. Ohne zu wissen warum, neigte ich eher dazu, es mit der Menge da draußen zu halten. Um nicht bemerkt zu werden, stieg ich wieder in die Kuppel und sicherte mich nun meinerseits, indem ich die Falltür mit dem schweren, wertvollen Schrank verrammelte. Dann sah ich zum Fenster hinaus, wo die Belagerer die Ansprache eines Redners zu erwarten schienen, der auf einen Haufen Schnee gestiegen war.

Seine Rede war kurz, heftig und bezog sich nur auf die Pro-

bleme der Belagerung. Die Eingeschlossenen wurden des Verrats an den Interessen des Volkes bezichtigt und aller Verbrechen angeklagt, die sie im Namen der großen Massen begangen hätten. Ein Ultimatum forderte sie auf, sich so schnell wie möglich zu ergeben, die Kirche zu räumen, ohne daß der Tote auf dem Katafalk Schaden nähme, und die geheimen Pläne des Friedhofs sowie der Aktionen am Vorgebirge zu übergeben.
Die Eingeschlossenen antworteten mit einem abgehackt klingenden Kampflied, das einstimmig gesungen wurde [wobei sie gewiß niedergekniet waren, denn so stimmte man gewöhnlich diesen Gesang an], mit düsterer und verzweifelter Feierlichkeit, als erwarteten sie den Tod. Die Worte des Liedes sprachen vom Haß gegenüber den Eltern und Brüdern, von der Überlegenheit der Menschen mit langen Händen, von der Unterjochung der Frauen und von der Zukunft. Keinerlei Anzeichen dafür, daß sie bereit wären, die Waffen niederzulegen. Sie schienen selbstsicherer und ergrimmter als je zuvor.
Nachdem sie ihr Lied beendet hatten, stimmten die Belagerer das gleiche an, nur hatten sie den Text stellenweise verändert. Dann hörte man langgezogene Trompetentöne einer herzzerreißenden Melodie, und Feuer wurden entzündet: Als ihr Licht heller wurde, bemerkte ich, daß es eigentlich kleine Scheiterhaufen waren, die man da und dort errichtet hatte, und auf denen nicht erkennbare Gegenstände, aber auch Manuskripte und Bücher brannten, denn der Geruch von verbranntem Papier zog durch die Luft. Zunächst erschrak ich bei dem Gedanken, sie könnten Feuer an die Kirche legen, um die Belagerten zur Übergabe zu zwingen. Und so erinnerte ich mich an den unterirdischen Gang, der die Kirche mit der fernen zerstörten Bastion am Strand verband. Wie konnte ich seinen Eingang finden? Während mich diese Frage quälte, erzitterte plötzlich die verbarrikadierte Tür der Kirche unter kräftigen Schlägen. Die Eroberung hatte begonnen.

XXXVIII

Die Schläge dröhnten gleichmäßig und unüberhörbar. Ihre Gewalt schien aber nachzulassen oder wenigstens nicht zu-

zunehmen. Gleichförmig, gleichmäßig, monoton, Klänge einer enormen Trommel, wie bei einer nächtlichen Hinrichtung, die Verurteilten oben auf der Richtstatt, wo sich die Galgen abzeichnen und der Henker im roten Gewand stumm seine nackten Arme kreuzt . . . Die Belagerung selbst glich einem geheimnisvollen Ritual – und alle Dinge, die man nicht begreift, jagen einem Schauer des Schreckens durch den Körper. Mir war kalt geworden, und die Dunkelheit beengte mich körperlich, Handschellen, die Kapuze über den Augen, schmerzhafte Reglosigkeit.
Draußen sah man nur die endlos brennenden Scheiterhaufen und die Menge, die wellenförmig erbebte und bald in die eine, bald in die andere Richtung drängte. Weinen kam auf unter den Belagerern, Frauen oder langmähnige Männer rauften sich die Haare. An anderer Stelle hatte eine abseits stehende Gruppe von hageren Gestalten zu singen begonnen, sie begleiteten sich auf Gitarren und schüttelten sich krampfhaft, mitreißend, unwiderstehlich. Das Lied hatte nur wenige Worte, die ständig in rhythmischen Rufen wiederkehrten. Es konnten nur die ehemaligen Jünger des Ekligen sein, die ihn schon lange voll Verachtung verlassen hatten. Ein Bettler kam zu ihnen, und nach einem kurzen Gespräch mit einem von ihnen bewegten sie sich lärmend und mit drohend erhobenen Armen auf die Mauer der Kirche zu. Ein großer Teil der Menge folgte ihnen wild gestikulierend. Es kam mir vor, als gälten die Drohungen mir – sie hatten vielleicht meinen Schatten an den Fenstern der Kuppel gesehen. Ich zog mich ins Dunkle zurück und änderte plötzlich meine Meinung von früher, als ich bereit war, jene da draußen den Belagerten vorzuziehen. Unter diesen aber hatte ich eine Weile gelebt, wenn auch unbekannt und verloren und von ihnen vergessen, weil sie mich mit irgendeinem Glöckner verwechselten oder einfach die Überzeugung hegten, daß zu gewissen Zeiten die Glocken läuten mußten.
Aber im selben Augenblick dröhnten kräftige Schläge gegen die Falltür im Fußboden der Kuppel. Ich sprang vom Bett, auf das ich mich gerade gelegt hatte. Die Falltür war mit dem Schrank verrammelt, aber als sich nun die Schläge vermehrten, schien mir das nicht mehr auszureichen. Ich fühlte, daß es kein Entrinnen mehr gab. Als ich daranging, das Eisen-

bett zur größeren Sicherheit neben den Schrank zu schieben, stolperte ich und stürzte. Im Dunkeln um mich tastend erkannte ich, daß ich an einen dicken Metallring gestoßen war, der im Fußboden der Kuppel eingelassen war. Es schien ein Handgriff zu sein. Ich zog daran und fühlte, wie der Boden sich hob: Eine andere Falltür, die unterm Bett verborgen gewesen war. Wohin sie führte, war für mich in diesem Augenblick bedeutungslos, da die Schläge der Belagerten, die jetzt mich belagerten, immer drohender wurden, und es klar war, daß sie bald in die Kuppel eindringen würden. Es blieb mir nichts anderes übrig, als hinunterzusteigen und die Falltür sorgfältig hinter mir zu verschließen.

Die Stufen waren hoch, aus Stein und spiralförmig angeordnet, wie ich trotz der undurchdringlichen Finsternis erkennen konnte. Der Abstieg war mühsam, aber weil ich mich verfolgt wußte, zwang ich mich, immer zwei Stufen auf einmal zu springen, während ich mich an einem metallenen Geländer, das ich entdeckt hatte, festhielt. Als ich plötzlich über mir meine Verfolger hörte, die die Falltür geöffnet hatten und mir nun nachjagten, hatte ich schon das Ende der Treppe erreicht und befand mich in einem großen Keller, der von zwei Kerzen an der Wand beleuchtet war.

Wer mag sie wohl angezündet haben, fragte ich mich, während ich mich umsah, denn der Gedanke, daß noch jemand hier unten sein könnte, erschreckte mich. Aber da war niemand. Von dem Keller aus liefen drei Gänge in entgegengesetzte Richtungen. Ich überlegte einen Augenblick und betrat dann, ohne zu wissen warum, den ersten zu meiner Linken, nachdem ich den glücklichen Einfall gehabt hatte, beide Kerzen an mich zu nehmen. Die eine löschte ich, um sie als Reserve zu haben, während die andere mir den Weg zeigen sollte. Hinter mir hörte ich die Stimmen meiner Verfolger auf der Treppe, während ich durch den Gang rannte, der immer in leichtem Bogen nach links verlief.

Von Zeit zu Zeit blieb ich stehen, um Atem zu schöpfen. Es herrschte vollkommene Stille. Die Stimmen meiner Verfolger – sie hatten wohl meine Spur verloren – waren verstummt. Ich hatte ein gutes Stück Weges zurückgelegt, aber der Gang war noch nicht zu Ende. Ich entsann mich der zerstörten Bastion, auf die ich zu stoßen hoffte. Aber trotz der

großen Entfernung, die ich hinter mich gebracht hatte, war nichts zu sehen. Ich begriff, daß ich einen falschen Gang gewählt hatte und nun dazu verdammt war, einem ganz anderen, unbekannten Ziel entgegenzugehen. Aber es war zu spät.
Ich lief weiter. Langsamer, weil mich der ungewohnte Weg unter der Erde bedrückte und ermüdete. Je weiter ich vordrang, um so deutlicher hörte ich ein langgezogenes, gleichmäßiges Rauschen. Mein Weg wurde immer mühevoller, der Gang war schlammig geworden, von der Decke tropfte Wasser, und das Rauschen schien der Atem eines riesigen Tieres zu sein, das mich am Ende der Nacht oder in ihren Gedärmen erwartete. Ein Tier, zehn Tiere, hundert Tiere, oder hundert in Erwartung der nahenden Beute rhythmisch atmende Menschen. An einer unerwarteten Krümmung des Ganges löschte ein starker Wind meine Kerze, und ich mußte nun in der glitschigen, schuppigen, schmutzigen Dunkelheit umhertappen. Ich weiß nicht mehr, was dann geschah. Ich glaube mich zu erinnern, daß ich durch den Schlamm watete und mich im Rhythmus jenes immer deutlicher werdenden Rauschens weiterschleppte, bis ich einen Schlag verspürte: ich war über etwas gefallen, vielleicht aber war jemand auf mich gefallen. Süßer Schlaf umfing mich wie im Grab.

XXXIX

Kälte, Feuchtigkeit, Blässe, Hundegebell. Durch die noch geschlossenen Lider dringt das Morgengrauen oder der Abend ... das gleiche blutige Rot, vermischt mit einem unklaren, eher erahnten Licht, ein Licht von Geburt oder Tod ... die Geburt glich zu sehr dem Tod ... man kann jemanden töten und ihn dabei glauben machen, daß man ihn gebärt ... der Traum eines zwiespältigen Mörders ... ich weiß nicht, ob ich sterbe oder geboren werde ... ich bin allein, und bald werden meine Augen schauen ins ... ins Nichts.
Wegen der Kälte und der Hunde öffnete ich die Augen. Ich lag auf einem Haufen von feuchtem Stroh, eingehüllt in eine Decke aus Plüsch, in einem Raum, der zur Hälfte unter die Erde gebaut war. Eine Grube, ein elendes Loch. Durch das kleine Fenster unter der Decke drang Licht. Und es war Mor-

gen, das Licht nahm zu, verstärkt von dem Schnee draußen, und ich hatte das Gefühl, ein anderer zu sein; jener seit jeher erwartete andere, der immer willkommen ist wie ein Retter, der die Dinge wieder ins Lot bringt, wenn alles verloren scheint.
Das Zimmer war klein und niedrig, meine Kleider entstammten der Requisitenkammer des – wie ich wußte – längst geschlossenen Theaters, und meine Decke war ein Stück von dem alten Vorhang mit Girlanden aus Rosen und Lyren. Ich war allein. Von draußen hörte man ohne Unterlaß das Hundegebell, das mich auf sonderbare Weise an die unmittelbar vergangenen Begebenheiten erinnerte: Belagerung, Flucht, Verfolgung ... Bin ich etwa entkommen? Ich bin allein, in der Leere, im Nichts ... Noch bin ich nicht getötet worden ... Vielleicht aber ist das der Tod ... oder vielleicht ...
Ich hatte noch nicht die Kraft, mich zu erheben. Es gelang mir kaum, um mich zu schauen und die Augen offenzuhalten, die denen eines Ertrunkenen glichen, mit metallischen Lidern und Wimpern voll faulender Algen. Die Tür der Höhle bewegte sich leise und öffnete sich, eine gebrechlich wirkende Gestalt trat ein und schlich wie ein Schatten auf mich zu. *Erinnere dich*, hörte ich eine singende Stimme sagen, *ich habe dir bei unserer letzten Begegnung prophezeit, daß du dereinst zu mir kommen wirst und dir das nicht zum Guten gereichen wird. Nun bist du also gekommen und sogar noch vor der Zeit, da ich dich hier erwartet habe. Von nun an werden wir einander öfter begegnen, auch wenn wir nur selten miteinander werden sprechen können. Wie dem auch sei, du kannst nirgendwohin. Du bist hier. Der Kreis ist vorläufig geschlossen.*
Er war mir sogleich bekannt vorgekommen, aber erst nachdem er zu sprechen begonnen hatte, erkannte ich in ihm den jungen Juden. Er berichtete mir, wie mich einige kräftige Bettler gefunden hatten, zusammengesunken vor dem Gitter, das den unterirdischen Eingang verschloß; sie hätten mich schon zur Schwarzen Kirche tragen wollen, aber im letzten Augenblick sei ihnen mitgeteilt worden, daß es nicht mehr nötig wäre, weil der für jenen Abend vorgesehene Tote bereits von einer anderen Organisation gestellt worden sei,

und daher hätten sie mich in diese Höhle geschafft, die mir als Wohnung dienen sollte. Von ihm erfuhr ich auch, daß ich mich am Vorgebirge unweit von dem alten Leuchtturm befand.

Diese Nachricht stärkte mich und brachte mir meine Kräfte zurück; mein Wunschtraum hatte sich also erfüllt, und nun mußte ich nur noch auf eine Gelegenheit warten, mich auf eines der schönen fremden Schiffe zu schmuggeln, die mir nicht aus dem Sinn gingen. Aber meine Freude war nur von kurzer Dauer. Als ob er meine Gedanken in meinem Gesicht gelesen hätte, beeilte sich der junge Jude, mich aufzuklären: *Das weiße Vorgebirge, an das du wahrscheinlich denkst, hat nichts mit dem Ort zu tun, an dem wir uns befinden. Es stimmt zwar, daß es nur einige Schritte entfernt ist, aber es liegt auf der anderen Seite der Landzunge, die sich ins Meer hinaus erstreckt. Es liegt auf der linken Seite. Hier befinden wir uns auf dem schwarzen Vorgebirge, und wenn du aus deiner Höhle trittst, wirst du begreifen, daß dieser so kleine Abstand doch unüberwindlich ist. Aber besser wäre es, gar nicht hinauszutreten, damit dich niemand sieht. Vorläufig gibt es dich nicht für sie. Warte, bis sich dir die Gelegenheit bietet, wieder tätig zu werden, und dann wird alles selbstverständlich sein, dir wird wieder ein Platz zukommen, ein Sinn . . . niemand wird dich mehr sehen, niemand wird sich mehr fragen, wer du bist, was du tust, woher du kommst, was du zuvor getan hast . . .*

Während er sprach, hatte sich abermals die Tür geöffnet. In die Höhle trat eine verwahrloste Gestalt in Lumpen, die sich in schmutzigen Bundschuhen einherschleppte. Sie trug ein Brett mit zwei Kerzen und einer kleinen Tonbüste und stellte alles in einer Ecke der Höhle auf eine alte Truhe. In diesem Augenblick erhob sich der junge Jude und entfernte sich hastig, sinnlose Worte stammelnd. Ich verstand ihn nicht, denn mein Blick blieb auf die andere Gestalt geheftet: ich erkannte in ihr meine ehemalige Wirtin, obwohl sie sich schrecklich verändert hatte. Sie war alt und hager geworden, und in ihren Augen glomm die Erregung einer irren Vestalin; das machte sie blind, und es war, als blicke sie in das Innere aller Dinge, ohne deren äußere Form zu erkennen.

Es schauderte mich bei dem Gedanken, sie geliebt und später

noch oft in meinen erotischen Träumen gesehen zu haben, wie sie ihre Formen über prunkvolle Betten wälzte, sich zwischen pastellfarbenen Kissen wand und sich wie ein riesiger Blutegel an mich heftete. Sie schien mich nicht erkannt oder nicht bemerkt zu haben, und so blieb ich regungslos liegen und bemühte mich, nicht ihre Aufmerksamkeit zu erregen, denn ein Gespräch mit ihr wäre über meine Kräfte gegangen. Ich schloß die Augen und versuchte zu schlafen. Ich lauschte dem Meer, das sich draußen tobend bewegte, ich lauschte dem dumpfen Pfeifen des Windes und dem von Zeit zu Zeit hörbaren Gebell der Hunde, die anderen, nur ihnen verständlichen Rufen antworteten. Es fiel mir schwer einzuschlafen. Meine Gedanken wanderten zu den kommenden Tagen, zu der neuen Beschäftigung, die mich erwartete, ohne daß ich vorläufig um sie gewußt hätte, zu all meinen Erlebnissen der letzten Zeit, deren endgültigen Ausgang ich noch nicht ahnen konnte.

Als mich gerade Schlaf umfangen wollte, weckten mich zwei kräftige Schläge gegen die Höhlentür, und ein paar Kerle traten ein. Sie setzten sich nieder, nur einer verneigte sich vor der kleinen Tonbüste, die meine ehemalige Wirtin gebracht hatte; dann kam er auf mich zu, küßte mir die Hand und begann eine sehr kämpferische Ansprache. Er sprach von meiner Persönlichkeit, lobte meine Bildung, meine Intelligenz, meine Begabung, alles in überschwenglichen Worten, aber unter ständigen perfiden Anspielungen auf wiederholte Abweichungen von den geheiligten Prinzipien der *Liga*. Von Zeit zu Zeit schwieg er, während die anderen feierlich Beifall spendeten, aber seine Rede verursachte in mir ein nervöses Zittern, das immer stärker wurde, je länger ich zuhörte. Mehr als eine Andeutung meiner zukünftigen Aufgabe konnte ich seinem salbungsvollen Geschwätz nicht entnehmen: Er sprach ständig von einer Wäscherei, die das Meerwasser verwendete und Waren für ausländische Händler bearbeitete; dabei betonte er die Bedeutung der ästhetischen Bildung aller auf diesem Gebiet tätigen Arbeiter. Ich hatte eine Weile geglaubt, er wäre nicht auf dem laufenden über alle meine Verwandlungen, aber einige flüchtige Andeutungen und vor allem der Tonfall seiner Stimme überzeugten mich, daß er alles wußte.

Wer war dieser Mensch, und was hatte ich in Zukunft zu tun? Ich versuchte ihn einzuordnen, aber es fiel mir schwer. Alle ihre Gesichter waren nie eindeutig zu beschreiben, sie veränderten ihr Aussehen, und ähnelten einander oder verloren ihre eigenen Züge. Ich war sicher, ihn irgendwoher zu kennen, und doch bedurfte es mancher Anstrengung, bis ich sah, daß es sich um meinen falschen Bruder handelte. Nun hatte er mich also auch hier aufgespürt. Was die Tätigkeit betraf, die mich erwartete, so würde mir der folgende Tag mehr Klarheit bringen. Aber zuvor sollte mir die Nacht andere Einsichten eröffnen.

XL

Die Kerle, die als Begleiter meines falschen Bruders in die Höhle gekommen waren, nahmen mir die Theaterkleider ab, die man mir übergezogen hatte, weil ich ursprünglich für den Katafalk der Schwarzen Kirche bestimmt gewesen war. Sie nahmen auch die aus dem alten Vorhang gefertigte Decke und gaben mir dafür einen langen weiten Pelz aus Hasenfellen, der mein einziges Kleidungsstück darstellte und mir in der Nacht als Decke dienen sollte, während ich für die Füße nur ein Paar alte Filzstiefel hatte. Auf der rechten Seite des Pelzes war in Brusthöhe eine große und plumpe Medaille aus billigem Metall angebracht, die vielleicht für mich bestimmt war; sie trug die Inschrift: *Den Nachfolgern der großen Kämpfer der Vergangenheit.*

Über den Tag täuschte ich mich hinweg, indem ich zusammengekauert am Strohhaufen schlief. Als ich einmal nachts erwachte, gewahrte ich plötzlich den langgezogenen Schatten eines Menschen, der zu mir kam und sich neben mich setzte. Es war der ehemalige Totengräber, der seit langem auf der Flucht war. Sein Anblick belebte und erfreute mich, denn er war der einzige, der mir etwas über die Vorfälle der letzten Zeit und über mein eigenes Schicksal zu berichten vermochte. Ich fürchtete nur, es könnte jemand kommen und ihn entdecken, aber niemand tauchte auf, und so unterhielten wir uns bis zum Morgen.

Meine Furcht war übrigens unbegründet gewesen, denn der Ausgang der Belagerung, deren Zeuge ich gewesen war,

schien – wie mir der ehemalige Totengräber berichtete – den Horizont unseres Daseins und nicht nur des unseren, grundlegend zu verändern. Er selbst war einer der Ideologen der Belagerer und befand sich demnach in einer ganz anderen Lage, als ich vermutet hatte. Seinen Erzählungen entnahm ich, daß die Schwarze Kirche gegen Morgen im Sturm genommen worden und in die Hände der Belagerer gefallen sei, ebenso alle wichtigen Punkte der Stadt. Die Eingeschlossenen hätten sich in die unterirdischen Gänge zurückgezogen, die in letzter Zeit renoviert und ausgebaut worden waren und sich überall unter der Stadt erstreckten, dann seien sie in ein Gebäude der *Liga* geflohen, wo sie weiterhin Widerstand leisteten. Das Vorgebirge selbst sei vorläufig auch noch in ihren Händen, obgleich die hier herrschende Putzfrau begonnen habe, Sympathien für das gegnerische Lager zu zeigen. Der Zweck seines Kommens sei nun, im geheimen mit ihr Verbindung aufzunehmen, im Hinblick auf eine mögliche Übereinkunft.
Ich erzählte ihm von den Kerlen, die mich zuvor besucht hatten, und er enthüllte mir, daß mein falscher Bruder von den Belagerten zur Unterstützung der Putzfrau ausgesandt worden sei, wobei er aber in Wirklichkeit mit allen Vollmachten ausgestattet und befugt sei, sie im Notfall zu beseitigen und ihren Platz einzunehmen. Man sagte allerdings, daß sich auch die frühere Tänzerin – obwohl niemand sie gesehen hatte – auf dem Vorgebirge befinde, um ihn wiederum zu beschatten, denn mein falscher Bruder sei trotz seiner Gewandtheit den höchsten Kreisen selbst verdächtig, wo man kürzlich mehrere Anzeigen gegen ihn verzeichnet habe.
Von alldem spürte man nichts auf der rechten Seite des Vorgebirges, dort, wo ich mich befand. Hier hatte man den Felsen zu einer steilen Wand abgeschlagen, die mehrere Dutzend Meter hoch war, während man unten, auf der Höhe des Meeresspiegels, eine ganze Menge von Höhlen wie die meine in die Wand gehauen hatte. Um auf die andere Seite zu gelangen, auf das weiße Vorgebirge, wo die fremden Schiffe ankerten, mußte man die steile Felswand erklimmen und vor allem den Zähnen der riesigen, gut abgerichteten Hunde entkommen, die überall wie unheilvolle Schildwachen ihren Dienst versahen.

Ich lauschte in der Dunkelheit seinen Worten und fügte mich wieder in den Kreis der sich überstürzenden Ereignisse, deren Entwirrung sich immer deutlicher ankündigte. Ich bot ihm meine Begleitung an, um selbst an dem Kampf teilzunehmen, aber der ehemalige Totengräber erklärte mir, wie nutzlos jeglicher Versuch meinerseits sei, solange sich die Dinge nicht an anderer Stelle entschieden hätten. *Die Belagerten und die Belagerer sind letzten Endes nur ferngelenkte Massen. Der wirkliche Kampf wird oben in den verschlossenen und unerreichbaren Sälen geführt, wo sich die in zwei Lager gespaltenen höchsten Kreise der* Liga *Tag und Nacht im Streit gegenüberstehen. Es gelingt ihnen kaum, auch nur mit ihren in jene verborgenen Gemächer vorgedrungenen Spitzeln Verbindung aufzunehmen. Dort wird sich alles entscheiden. Die Stadt ist leer. Die Menschen haben sich aus Furcht verborgen, denn zu solcher Stunde kann sie auch ein harmloses Wort sehr teuer zu stehen kommen. Aber unser Sieg ist sicher. Und wenn die Entscheidung gefallen ist, wird man dich rufen und dir deinen rechtmäßigen Platz zuweisen; dein Vater ist das Symbol unseres Lagers. Bis dahin bist du hier besser aufgehoben als anderswo. Verhalte dich so, als wüßtest du von nichts. Tu alles, was man von dir verlangt, und warte voll Vertrauen.*

XLI

Man verlangte nichts Besonderes von mir. Sobald die Sonne, belauert von winterlichen Wolken, hochgestiegen war, brachte mir einer der Kerle, die mich mit meinem falschen Bruder besucht hatten, mehrere mit winziger Kalligraphie bedeckte Blätter und erklärte mir mit äußerst knappen Worten, daß es sich um einen Vortrag handle, den ich vor den Werktätigen halten sollte, die hier auf der langen und schmalen Landzunge zwischen Meer und Steilwand beschäftigt waren.
Ich trat hinaus ans Tageslicht und schaute begierig aufs Meer hinaus, das ich so lange nicht gesehen hatte. Ich hätte es in die Lungen aufsaugen mögen, ich hätte es ganz austrinken mögen, um mich zu reinigen. Hinter mir die felsige Steilwand, voll von Türen, hoch, stumm, feindlich – und unten die Hunde, die mit gespitzten Ohren und glasigem Blick auf

den Hinterläufen saßen. Eine Schar von Männern und Frauen in bunten Kleidern wusch in hölzernen Fässern menschliche Gebeine, schrubbte sie mit großen Bürsten und legte sie dann in kleine hölzerne Kistchen. Weiter entfernt wurde Wolle gewaschen. Ich entsann mich des Friedhofs der Schwarzen Kirche, der Totengräber, der ausgegrabenen Leichen, der Skelette ... Eine Trompete ertönte undeutlich von irgendwoher, vermutlich von der anderen Seite des Vorgebirges. Ich begann, mit lauter Stimme den Text zu lesen, den ich erhalten hatte, und spazierte zwischen den Arbeitenden auf und ab, die ihre Tätigkeit für keinen Augenblick unterbrachen, so als hätten sie nichts gehört. Der Vortrag handelte von den Beziehungen zwischen der Hingabe und den sinnlichen Reizen, und bestand fast gänzlich aus Zitaten, die mit bruchstückhaften Sätzen verbunden waren. Nachdem ich geendet hatte, gab mir der Überbringer des Textes ein Zeichen, von neuem zu beginnen – und so las ich bis über den Mittag hinaus, als die Arbeit unterbrochen wurde und die Menschen hastig in ihre Hütten zurückkehrten.
So vergingen einige Tage voll Spannung für mich, der ich erfreulichen Nachrichten entgegensah, ruhig und farblos hingegen für die anderen, die nichts wußten und nichts erwarteten. Auch das Wetter blieb farblos, bleiche Wintertage, schmutziger Schnee, Raben, Hunde, Möwen, das Meer mit seinen Pottwalzähnen und seiner glänzenden Haut, der Horizont, der des Nachts vom ersten Viertel eines stumpfen Mondes gehörnt war. Da ich über keinen anderen Text verfügte, las ich meinen Vortrag immer wieder und blieb dann, eingehüllt in meinen großen Hasenpelz, allein draußen und betrachtete das Meer, bis es die Dunkelheit vor meinen Blicken verbarg. Die vom ehemaligen Totengräber angekündigten Neuigkeiten ließen auf sich warten. Der junge Jude, der noch in der Nähe sein mußte, ließ sich nicht blicken. Und trotzdem schien alles von einem Zustand der Erwartung erfaßt, sogar an diesem Ort öder und elender Haft. Selbst die wenigen kräftigen Bettler und die abgerichteten Hunde schienen apathisch, ohne Schwung, beherrscht von der allgemeinen Mattheit und den Nachrichten, die nicht kommen wollten, oder auch nur von der düsteren Vorahnung von Nachrichten, die in der Luft schweben mochten.

Bis eines Morgens auf der anderen Seite des Vorgebirges Beifallsäußerungen, Hurraschreie und laute Musik erschollen, die bis zu uns herüberdrangen. Bei der Lektüre meines Vortrages war ich eben zu einem Zitat gelangt, das von der unveräußerlichen Macht des Instinktes unter klösterlichen Bedingungen sprach; ich hielt für einen Augenblick inne, aber der Kerl, der mir den Text gebracht hatte und mich während meiner Arbeitszeit Schritt für Schritt verfolgte, bedeutete mir heftig, fortzufahren. In seinem Gesicht las ich dennoch eine Unruhe, die meine Vermutungen bestätigte: Die ersehnte Nachricht war eingetroffen. Noch waren sie drüben. Viel Zeit konnte nicht vergehen, bis man auch mich auf die eine oder andere Weise davon unterrichten würde. Und die Vorzeichen dafür zeigten sich noch am gleichen Nachmittag. Ich hatte meine Arbeit beendet und lag wie gewöhnlich in meinen Pelz gehüllt da, um auf die See hinauszublicken und die Meeresluft mit der Freude eines Häftlings zu atmen, der eine unmittelbar bevorstehende Amnestie über sich schweben fühlt. Ich weiß nicht, warum ich mich freute. Vielleicht sind die Menschen gezwungen, sich von Zeit zu Zeit sinnlos zu freuen, ohne Grund und ohne es zu wollen. Aus einer Hütte [die sicher mit den unterirdischen Gängen in Verbindung stand] trat eine Gruppe kräftiger Bettler. In ihrer Mitte erkannte ich die eindrucksvolle Gestalt eines Gestrengen. Im selben Augenblick stürzten durch eine andere Tür die Kerle, die meinen falschen Bruder begleitet hatten und empfingen den Gestrengen mit unterwürfigen Verbeugungen. Es folgte ein kurzes Gespräch, und dann liefen die Kerle zu allen Hütten und riefen die Bewohner zu einer Versammlung, wobei sie verschiedene Schlagworte brüllten und grenzenlose Begeisterung äußerten. Aus den Felshöhlen der Steilwand strömte eine Menschenmenge mit den derben Gesichtern verängstigter Troglodyten und setzte sich in zwei Reihen vor den Gestrengen und sein Gefolge.
Während ich das Schauspiel betrachtete, trat mein Aufseher heran und lud mich sehr höflich zur Teilnahme ein, weil es nötig sein werde, daß auch ich im Namen der Einwohner das Wort ergreife, um für die Unterstützung und das Verständnis zu danken, das man uns erwiesen hätte. Ich wurde in die Mitte der ersten Reihe geleitet, und sogleich räusperte sich

der Gestrenge und begann seine Rede.
Er sprach kurz, gedrängt und ziemlich verständlich. Das schwarze Vorgebirge werde abgeschafft, und an seiner Stelle solle ein großes Museum des Meeres errichtet werden. Man würde uns in die Stadt zurückrufen, wo andere Aufgaben unserer harrten, der Ausbildung und Fertigkeit jedes einzelnen gemäß. Die *Liga* bedauere die von einigen engstirnigen Angestellten begangenen Irrtümer: die Dresseure zum Beispiel hätten es verabsäumt, sich eine umfassende, schöpferische Konzeption anzueignen, und daher hätten die Hunde erst kürzlich einige Menschen zerfleischt – unter denen er auch meine ehemalige Wirtin nannte. So sollte ich sie also nie mehr wiedersehen. Es tat mir leid, ihr hier noch einmal begegnet zu sein und nicht mit ihrem Bild von jener Nacht verblieben zu sein, die wir verstohlen in meinem einstigen Zimmer verbracht hatten.
In Gedanken versunken, folgte ich der Ansprache nicht mehr, die übrigens bald zu Ende war. Als mir das Wort erteilt wurde, wiederholte ich, aus meinen Gedanken geschreckt, in Eile mehrere Abschnitte der vorbereiteten Rede, die ich auswendig gelernt hatte. Dann wurde die Versammlung aufgehoben. Die Vorbereitungen zum Aufbruch begannen. Man brachte mir in die Hütte neue Kleider aus Sackleinen von guter Qualität, aber übersät mit Flicken aus gegerbtem Schweinsleder, ein Paar Lederstiefel und eine dicke langhaarige Wolldecke für den Rücken, um mich gegen die Kälte schützen zu können. Der kräftige Bettler, der mir alles gebracht hatte, gebot mir Eile, weil er selbst mich zur Stadt führen sollte. Ich dachte noch immer an das Ende der Wirtin; als wir die unterirdischen Gänge betraten, fiel mir ein, daß ich noch nichts von dem jungen Juden gehört hatte. Ich hatte ihn weder in der Versammlung entdeckt noch seinen Namen unter jenen der Toten vernommen.

XLII

In der Stadt waren keine Veränderungen sichtbar, und ihr Bild war vorläufig noch das gleiche. Das siegreiche Lager veranstaltete unablässig öffentliche Versammlungen, wo die Menschen ihren Gegnern, ohne sie zu nenen, schwer-

wiegende Irrtümer zum Vorwurf machten, indem sie sich sonderbarer Ausdrücke bedienten: Romantische Weltanschauung, Festhalten am immanenten Geist und vor allem Überschätzung der individuellen Werte lautete die Anklage.
Die Teilnehmer zeigten Begeisterung. Die Namen jener Männer, die leider ohne jeden Grund getötet worden waren, wurden mit schmeichelnden Worten genannt, und die Erinnerung an sie großzügig heraufbeschworen. Ich erschrak, als ich auch meinen Namen darunter vernahm und vermutete, daß man nur vergessen hatte, ihn von der Liste der Verstorbenen zu streichen, in die man mich an jenem Tage eingetragen hatte, als ich nach meiner Ankunft am Vorgebirge für den Katafalk der Schwarzen Kirche angekleidet und vorbereitet worden war; die Tatsache, daß man später auf mich verzichtet hatte, war ihnen offensichtlich entgangen.
Als aber – wie das bei solchen Versammlungen üblich war – einigen Teilnehmern aus der Menge das Wort erteilt wurde, vernahm ich, wie einer von ihnen meinen Namen sehr lobend erwähnte und meine Ergebenheit gegenüber dem Anliegen der *Liga,* meine Uneigennützigkeit, meine Kompetenz und meine Redlichkeit hervorhob. Zu meiner Überraschung, denn ich hatte mich nie für so bekannt gehalten, sprachen auch andere in diesem Sinn, und durchs Publikum ging eine Welle von Sympathie. Der mich zuerst genannt hatte, schlug in sehr rachsüchtigem Ton vor, mir zu Ehren eine Schweigeminute einzulegen. Danach drängte ich mich zwischen den Menschen vor, um den Redner aus der Nähe betrachten zu können: Es war der Eklige. In seiner Nachbarschaft erkannte ich, verteilt zwischen den Leuten, seine treuen Jünger, die sich bemühten, ihre Zusammengehörigkeit zu verheimlichen und als anonyme Teilnehmer aus den Volksmassen zu erscheinen ... Aber was mich am meisten verwunderte, war die Anwesenheit einer anderen Person: Auf dem kleinen Podium erkannte ich unter den Vorsitzenden der Versammlung mühelos das Gesicht des ehemaligen Totengräbers, der mich wenige Tage zuvor in meiner Hütte am schwarzen Vorgebirge besucht hatte und daher ebensogut wie ich wissen mußte, daß ich am Leben war.
Von Empörung und blinder Entrüstung übermannt, tat ich

etwas, was mich hätte teuer zu stehen kommen können. Ich rief aus Leibeskräften, daß dies alles nichts als Spott und Hohn sei, daß ich am Leben sei, trotz aller Schurken und Speichellecker, die mich gern in der Welt der Gerechten gesehen hätten, daß alles nur eine elende Posse sei, daß die sogenannten Veränderungen ...
Die Menge reagierte feindselig auf meine Worte. Zwischenrufe und Beleidigungen wurden gegen mich laut, man bezeichnete mich als Lockspitzel, als Gegner ... als rückschrittlich und der neuen Ordnung gegenüber feindlich eingestellt ... selbstsüchtige Gesinnung, Zersetzung, antisozial ...
Plötzlich standen zwei kräftige Bettler neben mir. Sie packten mich diskret und führten mich aus der Menge heraus, die weiterhin wüste Beschimpfungen gegen mich ausstieß. Und das war meine Rettung; denn die überreizte Masse hätte mich zweifellos zerfleischt! Die Bettler zerrten mich um die Ecke der nächsten Straße und verließen mich dann voll Verachtung, während sie mir noch zuriefen: *Verschwinde rasch von hier, bevor dich die Leute sehen.*
Ich stand einen Augenblick still, um wieder zu mir zu kommen. Ich war verwirrt und niedergeschlagen und fühlte mich wie ein Kadaver. Mit beiden Händen preßte ich Schnee an meine Schläfen. Der Schnee war schmutzig und wäßrig, denn es hatte seit geraumer Zeit nicht mehr geschneit, es taute und in der Luft schwebte der Duft von frühlingshafter, trügerischer und vergifteter Fäulnis. Ein rätselhafter Zufall hatte es gewollt, daß ich damals bei meiner Ankunft am Vorgebirge nicht am Altar der Schwarzen Kirche geopfert worden war ... und der, der meinen Platz eingenommen hatte, war nun weit weg, zwischen den Gebeinen und den körperlosen Schädeln, im Gefilde von nirgendwo, wo die acherontischen Wasser die Ahnungen und die Ängste der Lebenden davontragen ... und es ist vielleicht besser so, oder es ist eben so, ohne ein Besser – oder es ist nur ein Vielleicht ...
Ich ging nach Hause. Vorläufig war ich in einem riesigen Heim untergebracht, einem großen Gebäude, das früher die Hauptsynagoge der Stadt gewesen war, ein einziger endloser Raum, voll von schmalen Betten, wo sich Nacht für Nacht all jene niederließen, die einer neuen Aufgabe harrten, ein bunt zusammengewürfeltes Pack, das kaum zur Kenntnis ge-

nommen wurde. Niemand hatte sein eigenes Bett. Wenn man heimkehrte, fiel man auf das nächstbeste freie Bett, das einem für diese Nacht gehören sollte.
Es war spät geworden, denn ich war noch lange wie in Trance durch die Stadt geirrt. An allen Ecken und Enden der Stadt traf ich auf Versammlungen. Die Redner sprachen von den nötigen Veränderungen, stellten eine merkliche Verbesserung der Lebensbedingungen in Aussicht und beteuerten die ständige Sorge der *Liga* um den Wohlstand und den Fortschritt der Gesellschaft.
Ich mischte mich vorsichtig unter die Leute und lauschte den verschiedenen Gerüchten, die in Umlauf gekommen waren. Ich erfuhr, daß die Putzfrau in Ungnade gefallen war und nicht mehr die Arbeit am weißen Vorgebirge leitete, wo man hartnäckig von der bevorstehenden Ankunft eines anderen Leiters sprach. Diese Nachricht machte mich unsicher, weil ich wußte, daß sie ihre Meinung geändert hatte und zum Lager der Sieger übergetreten war, aber man flüsterte, daß sie in Wahrheit nicht mehr in der Stadt sei: Sie sei mit dem Kapitän eines ausländischen Schiffes geflohen – wer weiß, wo nun ihre Augen leuchteten. Man erwartete auch die Ernennung eines neuen Staatsanwalts anstelle jenes Mannes, der aus disziplinären Gründen eine Stelle als Nachtportier des Bordells für ausländische Seeleute antreten mußte. Diesmal sollte er nicht wieder rehabilitiert werden. Und als er nach einigen Jahren starb, wurde im Nachruf, den die Akademie veröffentlichte, nicht einmal erwähnt, daß er einst Staatsanwalt gewesen war.
Im Heim liefen andere Gerüchte um. Die einen waren vollkommen sinnlos, die anderen hingegen schienen eher die dunklen Wünsche ihrer Urheber widerzuspiegeln. Ich lauschte ihnen im Dunkeln, auf dem Bett ausgestreckt, während meine Gedanken bei dem Nichts weilten, aus dem sich – zum wievielten Male – mein zukünftiges Dasein entfalten sollte.

XLIII

An den folgenden Tagen nahmen die Dinge allmählich wieder ihren gewohnten Lauf, alles war wie eh und je. Nur die

grundlegenden Veränderungen machten sich mit der Zeit bemerkbar. Der alte Professor, den ich seit langem nicht mehr gesehen hatte, hatte den Ehrenvorsitz übernommen, einen Orden erhalten und die Veröffentlichung seiner Gesammelten Werke begonnen, die in jahrelanger Folge gedruckt werden sollten, wobei einige Arbeiten eine Neuauflage erfuhren, bis die geplante Anzahl von Bänden erreicht war. Große Festspiele fanden statt, und der Eklige wurde überall wegen seiner aufrührerischen, nonkonformistischen Gesinnung gelobt und schließlich von der *Liga* beauftragt, sich mit der Erziehung der jungen Generation zu befassen. Die Jünger, die ihm treu geblieben waren, frohlockten unverschämt in aller Öffentlichkeit, und manche andere gesellten sich zu ihnen.
Der Zwitter aber war nirgends zu sehen. Die einen erzählten, er habe in den Tagen der großen Auseinandersetzung eine schwere Verletzung erlitten, als er vom gegnerischen Lager geschändet worden war, und halte sich jetzt im Ausland unter der Fürsorge berühmter Ärzte auf. Die anderen behaupteten, daß er in Begleitung der Tochter eines anderen Gestrengen eine Studienreise unternehme, und daß sich jene Frau aus Abartigkeit nicht von ihm trennen könne. Schließlich erwiesen sich beide Versionen als richtig, und als der Zwitter heimkehrte und offiziell ob seiner Treue und Standhaftigkeit beglückwünscht wurde, salbte man ihn zum Staatsanwalt. Die an seinem Empfang teilgenommen hatten, erzählten, daß er tatsächlich mit der Tochter jenes Gestrengen heimgekehrt sei, ein Zeichen dafür, daß sie gemeinsam unterwegs gewesen seien.
Nur der alte General, der sich nicht an den Gedanken gewöhnen konnte, ihn nun nicht mehr ständig zur Verfügung zu haben, war bei dem Bankett, das aus Anlaß der Amtsübernahme des Zwitters gegeben wurde, auf frischer Tat ertappt worden, und wären nicht die kräftigen Bettler, die in jener Nacht Wache hielten, sogleich bei den verzweifelten Rufen des neuen Staatsanwalts herbeigeeilt, so hätte er ihn ohne jeglichen Skrupel in der Latrine vergewaltigt, wo er auf der Lauer gelegen hatte. Es war eine dramatische Szene, die Tochter des Gestrengen fiel in Ohnmacht, und der alte General war am Ende gezwungen, sich von seinen zahlreichen Ämtern zurückzuziehen, freilich nicht ohne zuvor mit aller

Achtung gefeiert zu werden, wie es einem Mann der alten und heldenhaften Generation geziemte.
All das erfuhr ich von den ehemaligen Jüngern des Ekligen, die sich von ihm losgesagt hatten und weiterhin in den Kellern des Justizpalastes lebten, obwohl sie sich entschieden weigerten, auch künftig als Vertreter der öffentlichen Meinung zu arbeiten [früher hatten sie bei verschiedenen Prozessen ihrer Empörung nach den geltenden Anweisungen Ausdruck verliehen.] War der Zwitter auch einst ihr Gefährte gewesen, so hatte er sie doch rufen lassen, um sie einer Überprüfung ihrer Gesinnung zu unterziehen. Fiel diese negativ aus, so hatten sie auf der Stelle den Keller zu verlassen. Sie taten das auch, beschimpften aber dabei den Zwitter so sehr, daß man sie beinahe eingekerkert hätte. Aber da noch alles in den Anfängen war, hüteten sich die Leute der neuen Ordnung vorläufig noch vor solchen Mitteln.
Ich hatte sie am Kai getroffen, wo ich den ganzen Tag spazieren ging, denn meine neue Aufgabe war mir trotz der inzwischen vergangenen Zeit noch immer nicht erläutert worden. Sie hatten in der zerstörten Bastion einen allerdings gefährdeten Unterschlupf gefunden und sprachen ganz unverhohlen davon, daß es ihr einziger Gedanke sei, in die Fremde zu ziehen, sobald sich ihnen Gelegenheit dazu biete. Aber in ihren Worten schwang Vergeblichkeit mit, ein Nebel, eine Sehnsucht nach dem Nichts. Ihre Fremde war ein ideales Nirgendwo, eine nicht vorhandene und nicht mögliche Welt, die man beschwört, ohne sie zu kennen und ohne an sie zu glauben – eine Welt, die aus dem Gefühl geboren wurde, daß alles Elend seine Antipoden haben müßte irgendwo in einer Geographie, die von den Verdrängungen und den Sehnsüchten aller Entrechteten geschaffen ist. Aber meine eigene Fremde, der ich niemals ganz entsagt hatte, wo mochte die sich befinden?

XLIV

Schließlich kam der Tag meiner Versorgung, den zu erwarten ich schon müde geworden war. Es war Morgen. Draußen hatte es noch während der Nacht leise zu schneien begonnen, und als ich erwachte, erstreckte sich die Landschaft weiß vor meinen Augen. Ich verließ das Heim in der Absicht, einen langen Spaziergang am verschneiten Kai zu machen, doch zwei kräftige Bettler traten mir entgegen; sie waren mit einer gewissen Sorgfalt gekleidet, sehr mitteilsam und von untadeliger Höflichkeit. Sie überreichten mir eine Einladung in einem eleganten, großen Umschlag, grüßten mich und entfernten sich hastig. Auf einer weißen Karte mit Leinenprägung las ich: *Die Liga der Bettler bittet Sie, die Liebenswürdigkeit zu haben und am Nachmittag des heutigen Tages in ihr Hauptquartier zu kommen.*

Ich fand es in dem mir schon bekannten Gebäude, das aber innen neu und prunkvoll und mit erlesenem Geschmack ausgestattet war. Der wohlerzogene Majordomus war nun jünger und trug eine tadellos gepuderte Perücke, die Teppiche waren prächtiger, die Bilder mit erotischen Szenen an den Wänden schienen Werke bedeutender Künstler zu sein, manche davon neueren Datums, von deutlich moderner Prägung, sehr gewagt in ihrer subtilen Pornographie.

Ich wurde in einen intimen Salon geführt, von wo mich eine Beamtin durch eine kleine, in den Brokattapeten verborgene Tür in das anschließende Badezimmer geleitete. Nachdem ich gebadet hatte und wieder in den Salon zurückgekehrt war, servierte sie mir ein exotisches Getränk und wies mir den Weg zu dem Raum auf der anderen Seite, zu einem Gestrengen, der niemand anders war als der ehemalige Totengräber.

Die Begegnung war mir nach jenem Auftritt bei der Versammlung peinlich, aber der Mann vor mir schien mein Unbehagen nicht zu teilen. Selbstsicher und bestimmt begann er ein Gespräch, und nach einigen unangenehmen Fragen, auf die ich nicht antwortete, ging er dazu über, mir mein Benehmen während jener Versammlung in freundschaftlichem Ton, aber mit einem Hauch von Überlegenheit in der Stimme vorzuwerfen. Ich hätte die edelsten Gefühle der Massen zutiefst verletzt. *Ich bin überzeugt, daß es dir schwerfallen wird, meine Worte zu verstehen und zu akzeptieren – aber unter solchen Umständen zählen nicht unsere kleinen persönlichen Wahrheiten, sondern der Wahrheitsdurst der Massen und die großmütigen Gefühle, die die Menschen beseelen. Wenn die Welt sich in die sublimen Sphären der Trauer und des Mitleids erhebt, ist es kleinlich, seine eigene Existenz in den Vordergrund zu stellen und die Leute herauszufordern mit dem brutalen Schrei: Ich bin nicht gestorben, ich lebe, ich bin hier und habe kein Bedürfnis nach euren nachträglichen Huldigungen! Mit einer einzigen unüberlegten Geste hast du all das vernichtet, was ich mit Mühe für dich erreicht habe – und trotzdem,* schloß er triumphierend *– wirst du gleich sehen, daß es mir geglückt ist, deine Lage zu retten.*

Feierlich teilte er mir dann mit, daß eine schöne Tätigkeit am Friedhof der Schwarzen Kirche auf mich warte, daß ich dort auch in einem Zimmer des Küsterhauses wohnen werde, und daß alle Bedingungen erfüllt seien, um meine Vorzüge, die übrigens allgemein bekannt und geschätzt seien, voll zur Geltung zu bringen. Ich werde mich dort auch mit Kunst beschäftigen können ... eine neue, eine moderne, eigenständige Vision ... Er sprach viel, aber ich konnte ihm nicht mehr folgen. Am Ende unserer Unterredung überreichte er mir einen Umschlag, der für mich aus dem Ausland gekommen war, und betonte, daß niemand ihn geöffnet habe als Beweis für das mir entgegengebrachte Vertrauen und für die neuen Gepflogenheiten im öffentlichen Leben.

Auf dem Weg zu meiner neuen Wohnung öffnete ich den Umschlag und begann zu lesen. Der Brief war lang, und niemand anders als der junge Jude hatte ihn mir geschickt. Es war ihm geglückt, sogleich nach meiner Ankunft in jener Unterwelt, wo ich ihn zum letzten Mal flüchtig gesehen hatte, zu entkommen. Wie viele Neuigkeiten enthielt doch sein Brief! Die Putzfrau sei tatsächlich geflohen und lebe in einem südlichen Hafen, von wo sie aber seit einiger Zeit verschwunden sei, und die Leute sagten – einige zufällige Zeugen bestätigten es –, daß sie von ein paar Unbekannten entführt worden sei und sich dann ertränkt habe, nicht ohne einen Abschiedsbrief zu hinterlassen. Am gleichen Ort sei auch die ehemalige Tänzerin, vermutlich auf den Spuren der anderen, mit einer Gruppe von Kerlen gesehen worden, die er als die Bettler ihres üblichen Gefolges identifiziert habe. Zwei von ihnen seien dort geblieben, und er treffe sie regelmäßig und habe sogar den Eindruck, daß sie ihn verfolgten.

Aber was mich ganz besonders interessierte, waren andere

Nachrichten. Er schrieb: *Hier haben sich die Bettler in letzter Zeit merklich vermehrt. Zu gewissen Nachmittagsstunden streifen Bettlerorchester durch die Straßen oder belästigen auf den Plätzen mit zunehmender Frechheit die Passanten, die sich sonderbarerweise daran gewöhnen, ihnen ein Geldstück zuzuwerfen, und sogar eine gewisse Sympathie für sie hegen. Es gibt Tage, wo selbst angesehene Stadtbewohner sich als Bettler verkleiden, und dann kann man sie ein, zwei Stunden lang am Ende einer Brücke oder unter dem Portal einer Kirche stehen sehen. Sogar mir erscheinen die Dinge mit der Zeit ganz anders, als ich sie seinerzeit gesehen habe, vielleicht weil ich sie aus einem anderen Blickwinkel betrachte, vielleicht aber auch, weil die Zeit über uns steht und uns zwingt, all das einfach hinzunehmen, was wir nicht verstehen können.*
Aber Verstehen bedeutet, heute mehr denn je, zu sterben – und während des Todes senkt sich ebenso wie nach dem Tod zuerst eine lange Finsternis herab, aus deren Reich immer nur die anderen zurückkehren ... Denke an nichts mehr, beneide nicht die Schicksale, deren Großmütigkeit trügerisch ist – der Seßhafte und der Umherirrende sind nichts als die beiden Hälften der unbarmherzigen und unfaßbaren Sanduhr, deren Sand von einer Hälfte in die andere rieselt, wenn das Volle und das Leere eines des anderen Schatten sind ...
Das Volle und das Leere, das Volle und das Leere, das Volle und das Leere ... Der Brief hinterließ einen schlechten Geschmack auf meiner Zunge, und während ich über das Gelesene nachdachte, merkte ich gar nicht, daß ich nach Hause gekommen war und dem Küster gegenüberstand, der mir entgegengekommen war, um mir zu sagen, daß mein falscher Bruder, der seit kurzem über das Vorgebirge herrsche, ihn beauftragt habe, sich meiner ganz besonders anzunehmen.